Gabriele Böing

Wenn Schweigen die Liebe blockiert

Impressum

Bibliografische Information der Deutschen
Nationalbibliothek:
Die Deutsche Nationalbibliothek verzeichnet diese
Publikation in der Deutschen Nationalbibliografie;
detaillierte bibliografische Daten sind im Internet über
http://dnb.dnb.de abrufbar.

2. Auflage

© 2020 Gabriele Böing

Herstellung und Verlag: BoD – Books on Demand,
Norderstedt

ISBN: 978-3-7504-8206-7

Endlich! Nun hatte Jessica eineinhalb Stunden verzweifelt gewartet. Die Zeit schien immer zähflüssiger verronnen zu sein. Endlich hörte Jessica, wie ein Schlüssel in ihr Wohnungstürschloss geschoben wurde.

Gleich würde sich entscheiden, ob ihr attraktiver Ehemann Kevin sie tatsächlich betrogen hatte.

Kevin, der seit knapp vier Jahren mit Jessica verheiratet war, schloss energisch die Tür auf. Normalerweise lief ihm Jessica jeden Abend, sobald Kevin von seinen Fahrten mit Fahrschülern nach Hause kam, freudestrahlend entgegen. Gewöhnlich warf sie sich dann freudig in seine Arme und nicht selten landeten sie umgehend im Bett.

So leidenschaftlich ihre gemeinsamen Feierabende auch gefeiert wurden, so selten verbrachten sie die ganzen Abende auch zusammen.

Nicht nur Kevins Arbeitszeiten waren aufgrund der Tätigkeit als Fahrschullehrer in einer eigenen Fahrschule ungeregelt, sondern auch Jessicas wechselte als Krankenpflegerin die Schichtdienste wöchentlich. Die für die

Führerscheinprüfung erforderlichen Nachtfahrten mit seinen Schülern, der abendlich abzuhaltende Theorieunterricht und zudem noch Jessicas Wechseldienste im Krankenhaus hatten viel zu häufig dazu geführt, dass dieses Ehepaar manchmal nur noch telefonisch oder über schriftliche Nachrichten hatte miteinander kommunizieren können.

An diesem Tage hätte es anders werden können - Jessica hätte Kevin wieder in die Arme fliegen und sie hätten zusammen im Bett kuscheln können.

Aber nun war auch dies nicht mehr möglich - nicht nach dieser Nachricht, die Jessica den Boden unter den Füßen wegzureißen schien.

Noch immer saß Jessica wie versteinert auf ihrer dunkelbraunen Dreier-Sitzer-Ledercouch im Wohnzimmer. Ihre Beine hatte sie hochgezogen und ihr Kinn ruhte auf ihren Knien.

Schon vor zwei Stunden hatte sie die dicke Wolldecke aus dem Kleiderschrank geholt und sich darin eingewickelt. Ein kalter Schauer nach dem anderen jagte ihr den Rücken herunter. Jessicas Augen starrten auf den modernen Glascouchtisch, auf dem das lag, was ihre ganze Welt ins Wanken gebracht hatte. Das alles konnte doch nicht wahr sein. Es durfte einfach nicht wahr sein!

»Jessica, bist du nicht da?«, rief Kevin mit einer verwunderten, nahezu enttäuschten Stimme von der Diele aus, nachdem er sehr geräuschvoll die Wohnungstür ins Schloss geschoben hatte. Er schien die sonst so stürmische Begrüßung seiner Ehefrau Jessica zu vermissen.

»Ich wünschte, ich wäre es nicht«, rief Jessica aus dem Wohnzimmer zurück, aber ihre Stimme versagte fast völlig am Ende.

Mit kräftigen, großen Schritten kam Kevin in ihr Wohnzimmer geeilt. Als er Jessica in einer Decke eingehüllt auf dem dunklen Sofa in schützender Fötusstellung kauern sah, schreckte er einen Moment zurück.

»Was ist los, Jessica? Bist du krank? Warst du schon beim Arzt? Deine Schicht war doch heute um kurz nach 14:00 Uhr bereits zu Ende«, überschüttete sie Kevin mit Fragen. Sein regungsloses Gesicht und auch seine monotone Stimme verrieten jedoch kein wirkliches Interesse an dem Wohlergehen seiner Frau.

Mit einem Schwung ließ sich der sportlich-schmale Kevin auf einen Sessel plumpsen. »Das war heute wieder ein Tag«, berichtete er stöhnend, ohne eine Antwort von Jessica abzuwarten. Er strich sich theatralisch seine halblangen, dunkelbraunen Haare nach hinten. Kevin war sich dessen bewusst, dass seine dunklen Haare sowie sein etwas südländisches Aussehen mit den strahlenden, hellblauen Augen viele Frauenblicke auf ihn lenkte. Daher hatte er diese angeborene Attraktivität durch viele Sportstunden im Fitness-Studio perfektioniert, wobei sich auch nach und nach eine gewisse Überheblichkeit in seinem Verhalten entwickelt hatte.

»Manche Fahrschüler glauben scheinbar, sie würden einen Porsche mit eingebauter Vorfahrt fahren.« Kevin schüttelte seinen Kopf, wobei sein halblanges Haar gekonnt hin- und herwippte. Kevins hellblauen Augen leuchteten kalt und verliehen ihm zusammen mit seinem markanten Gesicht eine Aura von Härte, Siegessicherheit und Jugendlichkeit. »Vielleicht vertrauen sie auch darauf, dass das auffällige Fahrschulschild auf dem Fahrschulwagen die anderen Straßenverkehrsteilnehmer dazu bringt, Rücksicht zu nehmen, mögliche Fehler vorauszusehen und auszubügeln.« Einen Moment blickte Kevin Jessica an, da sie noch immer nicht geantwortet hatte, aber dann stöhnte Kevin nochmals auf. Er verschränkte arrogant die Arme vor seiner Brust. »Es scheint viele Fahrschüler gar nicht zu interessieren, dass es gestern Nacht geschneit hat. Der Schneematsch macht die Straßen wesentlich rutschiger. Zudem beginnt der Schnee bereits am frühen Abend wieder, zu gefrieren. Meine Fahrschüler fahren weiterhin so, als würden sie ein abenteuerliches Computerrennspiel bedienen, bei dem es darauf ankäme, möglichst gut mit dem Wagen zu schliddern. Allerdings gibt es auch ganz andere Schüler, die aber auch nicht weniger nervenaufreibend sind. Sie fahren bei diesen Wetterverhältnissen so langsam durch die Straßen, dass sie zu Fuß erheblich schneller wären.« Kevin schaute Jessica auffordernd an. Langsam fand er es unverschämt, dass sie ihm nicht beipflichtete oder ihn zumindest angemessen bedauerte.

Jessica blickte jedoch nach wie vor unbeteiligt auf den Couchtisch.

»Sag mal, Jessica, warum starrst du denn diesen Zettel immer so an?« In Kevins Stimme schwang inzwischen kalter Zorn mit.

»Das ist kein Zettel«, reagierte Jessica jetzt.

Kevin beugte sich ein wenig näher über den Tisch und erkannte, dass es eine Postkarte war. »Da hat dir wohl jemand Urlaubsgrüße geschickt. Was ist daran so faszinierend?«

»Wenn es doch bloß Grüße aus dem Urlaub gewesen wären«, sagte Jessica leise. »Vielleicht sollte man es lieber »Grüße aus der Hölle« nennen.«

»Seit wann bist du so dramatisch?« Kevins Stimme wurde bedeutend lauter. »Es wäre nett, wenn du mir nach solch einem harten Arbeitstag nicht noch die Laune völlig verderben würdest. Ich bringe hart verdientes Geld nach Hause und hätte dafür eine verständnisvolle, nette Ehefrau erwartet. Aber du scheinst dich offensichtlich nicht dafür zu interessieren, wie ich meinen anstrengenden Arbeitstag verbracht habe.«

Nun schaute Jessica auf und lachte sarkastisch. »Mag sein, dass deine geringfügigen Einkünfte hart verdient sind. Du musst die armen Fahrschüler in deinem Wagen durch die Gegend fahren lassen, einfach nur danebensitzen, sie unterrichten und dich von ihnen anhimmeln lassen. Was für ein schweres Leben du doch hast. Zudem bekomme ich für meinen leichten Krankenschwesterjob auch noch erheblich mehr und vor allem regelmäßiges Gehalt, obwohl er doch um so vieles einfacher ist. Die Welt ist wirklich ungerecht zu dir.«

»Verdammt, Jessica, was soll das? Legst du es heute darauf an, mit mir zu streiten? Dann wäre es vielleicht besser, wenn ich gleich wieder gehen würde.« Kevin war jetzt wütend aufgesprungen und stand in vollen Größe vor der noch immer auf der Ledercouch kauernden Jessica.

Jessica schaute langsam hoch und meinte nur: »Mach, was du willst. Vielleicht solltest du aber vorher noch die Postkarte lesen, die im Übrigen an dich und nicht an mich geschickt wurde. Sie liefert sehr interessante Details über deinen so anstrengenden Arbeitstag als Fahrschullehrer.«

»Du liest meine Post?«, brüllte Kevin jetzt.

»Wenn eine offene Postkarte im Briefkasten liegt, lese ich sie. Ich vermute, dass dies auch vom Absender beabsichtigt war.« Jessicas Stimme war ruhig, aber emotionslos. Ihr wurde klar, dass die Nachricht auf der Postkarte zumindest teilweise stimmen musste, wenn sich ihr Ehemann schon im Vorfeld so sehr darüber aufregte, dass sie die Karte gelesen hatte. Kevin schien definitiv Geheimnisse vor ihr zu haben.

»Was erzählst du heute für einen Blödsinn?«, schüttelte Kevin den Kopf. Seine Stimme begann jedoch, nervös zu zittern. Hektisch ergriff er die Postkarte vom gläsernen Wohnzimmercouchtisch, drehte sie richtig herum und las sie.

Jessica beobachtete voller verzweifelter Spannung, wie Kevins Augen langsam Zeile für Zeile diese gleichermaßen bedeutsame wie auch schockierende Nachricht las. Kevins Stirn legte sich zunehmend mehr in Querfalten. Dann plötzlich warf er die Postkarte quer über den Wohnzimmertisch und schrie:»Was soll der Schwachsinn?« Da Kevin die Postkarte mit voller Wut geworfen hatte, schaffte sie es ungefähr einen Meter, wobei sie sich drehte wie ein Hubschrauberpropeller. Dann fiel sie vor dem Wohnzimmerschrank zu Boden. Jessica kam es vor, als handelte sich um ihre Ehe, die nach knapp vier kraftvollen Jahren nun abzustürzen schien.

Jessica war zudem erschrocken und schockiert über Kevin, der selbst auf solch eine bedrohliche Nachricht mit Arroganz und Verleugnung reagierte. Langsam wickelte sie sich aus der Wolldecke heraus und begann, sofort zu zittern. Dennoch stand Jessica auf, ging zu der Karte hin und ergriff sie nun auch mit ihrer zitternden rechten Hand. Sie wollte sich vergewissern, dass sie Kevin weder eine falsche Nachricht gegeben hatte, noch dass sie in ihrem Schock den Inhalt falsch aufgefasst hatte.

Aber noch immer las sie denselben Text, der das Ende ihrer fast vierjährigen Ehe bedeuten würde. Jessica hatte diese fünf Sätze an diesem Nachmittag schon so häufig gelesen, dass sich der Text und die Schrift schon als Foto in ihr Gedächtnis eingebrannt hatten:

»Hallo Kevin, jetzt kann ich mir erklären, warum du unsere monatelange, leidenschaftliche Affäre so überstürzt beendet hast. Ich habe heute erfahren, dass ich mich mit dem tödlichen HIV-Virus angesteckt habe. Du hast mir nicht erzählt, dass du bereits infiziert bist. Bei deinem frauenorientierten Lebenswandel kann der Virus nur von dir kommen, zumal du mein erster und einziger »Freund« warst. Du hörst in Kürze von meinem Anwalt, Sarah«

Hilflos sah Jessica diese Postkarte an und blickte dann zu Kevin hoch. Sie erschrak, als sie in sein Gesicht blickte, das mittlerweile eher dem eines blutleeren Zombies als das eines lebenden Menschen glich.

»Wieso hältst du diese Nachricht für Blödsinn? Hattest du etwa nie eine Affäre mit dieser Sarah? Ist das alles auf ihrer Postkarte gelogen?« Obwohl Jessica an Kevins kalkbleichem Gesicht erkennen konnte, wie erschrocken auch er war, hoffte Jessica noch immer auf ein Wunder. Sie wünschte sich in diesem Moment so sehr, dass Kevins blasse Gesichtsfarbe nur davon herrührte, dass er wütend auf diese Sarah wäre, die sich die leidenschaftliche Affäre zwischen ihnen nur ausgedacht hätte. Im Grunde wusste Jessica jedoch, dass seine starke Gesichtsmimik nicht auf Wut, sondern Entsetzen basierte.

Kevin setzte sich nach endlosen stillen Minuten aufstöhnend auf den Sessel. »Doch, ich kenne diese Sarah. Und ja, ich hatte auch etwas mit ihr«, gab Kevin zu. Er hatte sich mit den Unterarmen auf seine Knie aufgestützt und blickte auf den Boden. Kevin saß da wie ein Luftballon, auf dem plötzlich die Luft entwich: schlaff und kraftlos.

»Du hattest »etwas« mit ihr? Auf der Postkarte steht aber, dass ihr eine monatelange, leidenschaftliche Affäre gehabt hättet. Wo hast du diese Frau überhaupt kennen gelernt?« Die vielen Fragen, die Jessica stundenlang durch ihren Kopf gewandert waren, fanden nun ihr Ziel.

Kevin blickte noch immer zu Boden: »Sarah war eine Fahrschülerin von mir. Es stimmt, wir haben uns schon seit ungefähr acht Monaten getroffen.«

»Ihr habt doch wohl mehr gemacht, als euch nur getroffen«, wandte Jessica nahezu tonlos ein und zeigte auf die Postkarte, die sie wieder auf den Glascouchtisch gelegt hatte.

Kevin nickte.

»Gab es noch weitere Frauen außer Sarah, mit denen du...«, Jessica schluckte, »...mit denen du dich auf die gleiche Weise getroffen hast?«

Kevin nickte nur leicht und es schien ihm schwer zu fallen, so als hätte sich seine Halswirbelsäule plötzlich versteift. Er hatte seine Sitzposition noch nicht verändert und blickte noch immer zu Boden.

»Warum, Kevin? Habe ich dir nicht gereicht? Was fehlte dir, was dir nur die anderen Frauen geben konnten?« Jessicas Stimme klang nun flehend.

Jetzt blickte Kevin sie an. Als er den verzweifelten, fragenden Blick seiner Ehefrau auffing, der voller Schmerz war, fühlte sich Kevin plötzlich wie ein kleiner Junge, der nach einem Streich auf die Strafe seiner Eltern wartete. Er wollte sich nicht rechtfertigen müssen. Kevin wollte sich nicht wie ein kleiner, schuldiger Junge fühlen. Wäre Jessica aufmerksamer zu ihm gewesen, wäre er der ideale Ehemann gewesen. Jessica war an allem schuld, was passiert war. Wütend sprang Kevin auf und schüttelte sein Gefühl, etwas falsch gemacht zu haben, ab. »Was mir fehlte, fragst du?« Kevins Stimme überschlug sich. »Eine Frau fehlte mir, die jeden Abend verfügbar ist. Ich brauchte eine Geliebte, die mich nach 15 Stunden Arbeit in meiner Fahrschule verwöhnt. Ich bin jung und kräftig. Ich wünsche mir im Bett eine interessante und fantasievolle Frau, die auf mich eingeht.« Nun stampfte Kevin aufgeregt durch das Wohnzimmer.

»Und all das konnte ich dir nicht geben?« Jessica sprach mehr vor sich hin als zu Kevin.

»Du? Ich weiß doch nie, wann du welche Schichtdienste im Krankenhaus übernommen hast. Für den Fall, dass du doch einmal zuhause bist, wenn ich Feierabend habe, bist du oft müde, sprichst über deine Probleme oder heute sogar über solch eine blödsinnige Postkarte.«

»Es tut mir aufrichtig leid, dass ich Geld verdienen muss, damit du dir deine Fahrschule überhaupt leisten konntest. Noch wirft sie nicht genügend Einnahmen ab, um die Wohnungsmiete und unseren Lebensunterhalt zu decken.« Jessicas Stimme wurde eiskalt.

»Genau das meine ich: Ständig reden wir darüber, dass ich mit meiner Fahrschule noch nicht genug verdiene und wir uns nicht davon ernähren können. Ich arbeite viele Stunden und es ist nur eine Frage einer kurzen Zeit, bis ich mehr Geld als du verdienen werde. Statt meine Leistungen und meine Arbeit zu würdigen und zu belohnen, meckerst du nur herum. Warum müsst ihr Frauen eigentlich immer nur Ärger machen?«

»Du arbeitest so hart, du armer Mann? Offensichtlich beinhalten deine vielen Arbeitsstunden auch die Affären mit deinen

Fahrschülerinnen.« Jessicas Stimme blieb ruhig, aber auch kalt.

Kevin schnaubte und winkte nur entnervt ab. Er beabsichtigte nicht, darauf zu antworten und sich somit wieder zu rechtfertigen

»Wie soll es mit uns weitergehen, Kevin?« Jessica schluchzte auf und setzte sich wieder auf das Sofa.

»Ich habe doch die Affäre mit Sarah beendet. Das steht sogar auf der Karte. Wenn du schon meine Post liest, solltest du das auch vollständig tun«, antwortete Kevin gleichgültig.

Kevin schüttelte arrogant den Kopf. »Somit hat sich das mit Sarah bereits erledigt!«

Jessica starrte wieder auf die Karte. »Ich befürchte, so einfach wird das nicht sein. Sie ist HIV-positiv. Das bedeutet, sie hat sich mit dem Virus angesteckt, der die Immunschwächekrankheit Aids hervorrufen kann. Deine Ex-Geliebte glaubt offensichtlich, dass sie diesen Virus von dir hat. Ist es so?«

»Was weiß ich«, winkte Kevin genervt ab. Doch Jessica beobachtete, dass seine Gesichtshaut wieder fahler wurde. »Du glaubst doch nicht, dass ich der einzige Mann war, mit dem sie ins Bett gesprungen ist. Diese Frau war viel zu erfahren, als dass ich ihr einziger Freund gewesen sein könnte.« Kevin drehte sich weg.

»Hattest du ungeschützten Geschlechtsverkehr mit ihr und...«, schon wieder drohte Jessicas Stimme zu versagen. Sie räusperte sich. »...und mit den anderen Frauen?«

Kevin drehte sich um und schaute Jessica wütend in die Augen. »Kannst du jetzt vielleicht mal aufhören, mich wie einen Straftäter zu verhören? Ich bin nur ein Mann, der sexuell aktiv ist und sich woanders das geholt hat, was ihm seine Frau nicht bieten konnte oder wollte.«

Nun stand Jessica entschlossen auf. »Wenn du dich mit dem HIV-Virus angesteckt hast, bist du mit deiner Sorglosigkeit und Arroganz vielleicht schuld an der Erkrankung und womöglich sogar dem grausamen Tod all der Frauen, mit denen du danach...« Jessica verschluckte den Rest, denn ihr wurde schlagartig klar, dass auch sie zu den Frauen gehörte, die jetzt diesen entsetzlichen Virus in sich tragen könnten. Diese schockartige Erkenntnis schnürte ihr den Hals zu.

»Ich muss raus!«, hauchte Jessica.

»Verschwinde doch. Du bist doch sowieso kaum abends da«, rief Kevin ihr wütend hinterher, als sie in ihr Schlafzimmer hastete. Überstürzt riss Jessica ihren Koffer vom Kleiderschrank und warf achtlos ein paar Kleidungsstücke herein. Schnell rannte sie in das Badezimmer und ergriff ihre Zahnbürste, Zahnpasta, Seife, Kamm und Deo. Auch diese Dinge landeten achtlos im Koffer.

Moment! Jessica und Kevin besaßen noch ein Sparbuch mit ungefähr 2.000,00 EUR für den absoluten Notfall. Dieses Sparbuch konnte sie nicht bei ihm lassen, sonst bestände die Gefahr, dass es morgen von ihm leergeräumt wäre oder er es an sich nehmen würde. Jessica kramte in der untersten Schublade von Kevins Nachttischschränkchen und stieß schnell auf das blaue Sparbuch. Ein Blick hinein genügte ihr, um sich zu vergewissern, dass dieser Notbetrag noch nicht angegriffen worden war. Dabei vergaß sie, die Schublade von Kevins Nachttischschränkchen wieder zuzuschieben.

Sie steckte das Sparbuch in ihre Handtasche, die auf ihrem Bett stand. Als sie den Koffer zugeklappt hatte, stand Kevin plötzlich in der Schlafzimmertür. »Ich dachte, du brauchst frische Luft. Wozu brauchst du denn dazu einen Koffer?«

»Ich bleibe eine Nacht bei meiner Arbeitskollegin. Erst einmal brauche ich einen klaren Kopf.«

»Dann habe ich hier wieder einmal sturmfreie Bude, wie schön. Meine Frau ist schon wieder ausgeflogen. Du solltest dich dann aber nicht mehr wundern, wenn ich mir bei anderen Frauen das hole, was du mir nicht geben willst.« Ein harscher Unterton mischte sich in Kevins Stimme, der fast wie eine Drohung klang.

Jessica lachte sarkastisch auf. »Mach doch, was du willst. Aber das machst du doch sowieso, nicht wahr?« Damit nahm Jessica den Koffer und ihre Handtasche und drängte Kevin am Türrahmen zur Seite. Mit einer Hand ergriff sie ihre Winterjacke, die sie nur über ihren Arm legte, ehe sie die eheliche Wohnung mit ihrem Gepäck verließ. Jessica wollte nur weg und das möglichst schnell. Sie wollte ihre Enttäuschung, ihre Angst vor einer unheilbaren Krankheit, die verletzten Gefühle und ihren untreuen Ehemann einfach nur hinter sich lassen - wenigstens für ein paar Stunden.

Erst im Erdgeschoss des Hausflurs nahm sich Jessica die Zeit, ihre Jacke anzuziehen, bevor sie die Haustür öffnete und verzweifelt in die winterliche Kälte herausging.

Sie wohnte an einer Hauptverkehrsstraße und der Schneematsch schien zu dieser späten Uhrzeit bereits wieder zu gefrieren. Die Autos fuhren noch langsamer als sonst, aber dennoch spritzte ständig schmutziger Schneematsch gegen ihren Mantel. Hoffentlich war ihre Arbeitskollegin auch zu Hause, sonst müsste sie sich ein Hotelzimmer nehmen, was sie sich momentan nicht leisten konnten. Ein kalter Wind fegte durch ihr langes, dunkelbraunes Haar. Jessica schüttelte sich vor Kälte und ihr linker Schuh rutschte im Schneematsch zur Seite. Jetzt musste sie bei diesem Frost zudem noch konzentriert und langsam laufen, während sie mühsam ihren schweren Reisekoffer schleppte. Ihr war zum Heulen zumute, aber sie musste stark sein. Jessica wusste, dass sie sich nicht in ihren gekränkten und verzweifelten Gefühlen verlieren durfte, da sie sonst darin zu versickern drohte.

Langsam ging Jessica auf die Ampel zu, um die vierspurige Straße zu überqueren. Nach zwei Fahrspuren befand sich eine Mittelinsel für die Fußgänger und Fahrradfahrer. Der Verkehr der zweispurigen Gegenfahrbahn wurde durch eine weitere Fußgängerampel gesteuert.

Die erste Ampel zeigte gerade grün für die Fußgänger und Fahrradfahrer. Jessica freute sich, zumindest nicht noch an der ersten Ampel warten zu müssen, während die vorbeifahrenden Autos kalten Wind und verschmutzen Schneematsch gegen sie schleuderten. Sie wusste, dass die grüne Ampelphase der Fußgänger ziemlich lang dauerte, damit auch eine behinderte Person sicher auf die Mittelinsel gelangen konnte.

Als Jessica gerade auf die Straße treten wollte, hörte sie plötzlich hinter sich ihren Ehemann Kevin brüllen: »Du hast unser Sparbuch mitgenommen, Jessica. Meine Nachttischschublade stand noch offen. Was fällt dir ein, es mir einfach wegzunehmen? Das Geld ist mindestens genauso meines wie deines. Gib mir sofort das Sparbuch wieder.«

Jessica stoppte erschrocken. Sie hatte die Fahrbahn noch nicht betreten. Jessica stellte den Koffer kurz ab und drehte sich dann langsam um. Kevin stand wütend mit hochrotem Kopf in der geöffneten Haustür. Erleichtert bemerkte Jessica, dass er es anscheinend so eilig gehabt hatte, ihr hinterherzulaufen, dass er weder Schuhe noch eine Winterjacke angezogen hatte. Kevin würde ihr somit vermutlich nicht in Strümpfen durch den Schneematsch folgen.

»Ich brauche das Geld nicht, wollte aber sichergehen, dass es morgen auch noch auf dem Sparbuch ist«, rief ihm Jessica erklärend entgegen. »Morgen bringe ich das Sparbuch mit dem gesamten Geld wieder mit.«

Kevins gut trainierten Oberarmmuskeln spannten sich so stark an, dass sie sogar durch den Winterpullover sichtbar wurden. »Du blöde Kuh! Morgen werden wir offensichtlich einiges klären müssen!«, war Kevins eiskalte und ebenso drohende Antwort.

Verwirrt über Kevins Warnung regte sich in Jessica schlagartig der Fluchtinstinkt. Sie drehte sich abrupt um, ergriff den Koffer und trat eilig auf die Straße, um sie zu überqueren.

Plötzlich hörte sie links neben sich ein Hupen und das typische knirschende Geräusch, wenn ein Wagen auf einer vom glatten Schneematsch bedeckten Straße eine Vollbremsung durchführen muss. Ein hektischer Blick auf die Ampel verriet Jessica, dass sie soeben bei einer auf Rot geschalteten Fußgängerampel die Straße betreten hatte. Gelähmt vor Schreck spürte Jessica einen leichten Stoß von der linken hinteren Seite. Da sie noch immer den Koffer in der rechten Hand hielt, konnte sie weder schnell zur Seite springen noch versuchen, ihr Gleichgewicht durch Ausbalancieren wiederherzustellen. Jessica rutschte nahezu im Zeitlupentempo mit den Füßen nach vorne auf dem überfrorenen Schneematsch aus, während sie hektisch den Kofferhaltegriff umklammerte, als könne er ihr Halt beim Fallen bieten.

Nichts stoppte Jessicas Fall, ihre Füße rutschten unaufhaltsam nach vorne. Als sie sich verzweifelt mit der rechten Hand auf dem Koffer abstützen wollte, rutschte auch er weg und ihr Handgelenk knickte schmerzhaft um. Jessica war dennoch erst einmal ein wenig erleichtert, als sie es schaffte, sich zumindest auf der linken Hand aufzufangen, damit sie nicht mit voller Wucht auf ihren Rücken oder womöglich noch den Kopf aufschlug.

Geschockt und gefühllos verharrte sie ein paar Sekunden in der sitzenden Position am Boden, die linke Hand noch immer stützend neben sich. Dann hörte sie eine Autotür knallen und direkt danach eine tiefe männliche Stimme, die »Oh mein Gott, ich hoffe, es geht Ihnen gut!« rief.

Jessica erwachte wie aus einer tiefen Hypnose. Sie bewegte sich noch immer nicht. »Ich glaube schon. Nur, da hat irgendetwas an meinem linken Daumen vorhin geknackt. Ich muss mir wohl etwas verrenkt haben. Und mein rechtes Armgelenk schmerzt stark.«

»Ich werde Sie sofort zum Arzt fahren. Es tut mir so leid. Mein Wagen war gerade erst angefahren, aber die Straße ist glatt und das Auto schlidderte daher trotz Vollbremsung noch gegen Sie«, entschuldigte sich der Mann zerknirscht bei Jessica.

»Es war nicht Ihre Schuld. Ich habe nicht darauf geachtet, dass meine Ampel bereits Rot zeigte. Falls Ihr Wagen beschädigt wurde, komme ich selbstverständlich dafür auf.«

Sofort dachte Jessica an das Sparbuch mit dem Notbetrag von 2.000,00 Euro, der womöglich kaum reichen würde, wenn das Auto stärker beschädigt wäre.

Wo war Kevin eigentlich? Jessicas Ehemann musste den Unfall doch mitbekommen haben. Er stand doch noch in der Haustür, als es passierte. Bestimmt war Kevin ebenso geschockt und stand nun irgendwo hinter ihr auf dem Bürgersteig. Jessica fühlte sich noch immer wie versteinert und konnte sich nicht umschauen. »Kevin?«, rief sie daher laut.

»Nein, ich bin Adrian, Adrian Jantsch«, stellte sich der Fahrer freundlich vor und hielt ihr unüberlegt die Hand hin. Als Adrian bemerkte, dass diese Begrüßungsgeste in dieser Situation nicht angemessen war, wurde er ein wenig verlegen.

»Ich helfe Ihnen erst einmal von der Straße hoch. Ich halte Sie unter den Armen und hebe sie ganz langsam herauf«, kündigte der freundliche Mann an. »Wenn die Schmerzen zu heftig werden, sagen Sie es einfach. Dann finden wir einen anderen Weg, Sie wieder auf die Beine zu bringen.«

Jessica war inzwischen klar geworden, dass Kevin keineswegs beabsichtigte, ihr zu helfen. Ihr Ehemann war - vermutlich mit einer gehörigen Portion Schadenfreude - verschwunden, nachdem er gesehen hatte, dass sie angefahren worden war.

Jessica nickte daher: »Vielen Dank, Herr Jantsch!«

Während Adrian hinter sie trat und sie langsam anhob, um sie aufzurichten, sagte er leise zu ihr: »Da mein Auto bereits Körperkontakt mit Ihnen aufgenommen hat, sollten wir bei dem Du und Adrian bleiben, meinst du nicht auch?« Adrian nutzte dieses Angebot, um Jessica von den Schmerzen beim Hochheben abzulenken und gleichzeitig einen vertraulicheren Kontakt zwischen ihnen herzustellen. Jessica gefiel ihm und er wollte keineswegs den Eindruck vermitteln, nur ein hilfsbereiter Sanitäter zu sein.

Jessica nickte unter Schmerzen stöhnend und antworte:»Ich bin Jessica, Jessica Maarin.«

Adrian lächelte, während er sie weiter hochzog.

Endlich stand Jessica wieder auf dem Bürgersteig und nickte nur erleichtert. Schnell zog Adrian auch noch den Koffer von der Straße weg. »So, nun setze ich dich noch in mein Auto, dann kann ich die Fahrspur wieder frei geben und dich zum Arzt fahren.« Jessica nickte. Ihr rechtes Handgelenk schmerzte stark und auch die linke Hand wurde bereits dick und verfärbte sich. Adrian legte den Arm um sie und führte sie langsam zu seinem Auto.

Nachdem Jessica aufstöhnend auf dem Beifahrersitz Platz genommen hatte, wagte sie es, einen Blick zu ihrer Haustür zu werfen, in der Kevin noch vor ein paar Minuten gestanden hatte.

Ihr Ehemann stand tatsächlich noch immer dort, grinste breit und winkte ihr zu. Dann drehte sich Kevin um und verschwand im Hauseingang. Tränen rollten Jessica über die Wangen. War das ihr Ehemann, den sie vor vier Jahren geheiratet hatte? Kevin verhielt sich bösartig und erbarmungslos.

Adrian ergriff den Beifahrersicherheitsgurt und zog ihn sanft über Jessica, bis sie das Klicken vernahm, das verkündete, dass die Gurtschnalle im Schloss gesichert war. Dabei war Adrian ihr sehr nahegekommen, denn auch er musste sich über sie beugen, um das Gurtschloss sehen zu können. Ein herbes Aftershave vermischt mit seiner ruhigen Wärme nahm Jessica fast ihre Sinne. Sie wünschte sich, Kevin wäre jetzt hier. Nein, eigentlich wünschte sie sich, Adrian würde sie jetzt tröstend in den Arm nehmen. Jessica war verwirrt, von Kevins Kälte, Adrians Wärme und ihren Schmerzen. Adrian schien es zu bemerken und strich ihr sanft über die rechte Wange, ehe er sich langsam wieder aus der Beifahrerseite des Autos schob.

Kurz danach ging die Fahrertür auf und Adrian setzte sich auf seinen Fahrersitz. »So, dein Koffer ist jetzt im Kofferraum und nun geht es schnell zum Arzt. Ich kenne einen sehr netten und äußerst professionellen Doktor.«

Als er die Tränen auf Jessicas Gesicht sah, zuckte er jedoch zusammen. »Hast du so starke Schmerzen?«

Jessica schüttelte den Kopf. »Nein, es ist wohl nur noch der Schock. Ich danke dir, Adrian, dass du dich so nett um mich kümmerst, obwohl ich an meinem Unfall selbst schuld war.«

Adrian lächelt sie warmherzig an. »Eigentlich sollte ich dir danken. Vielleicht kann ich jetzt endlich einen Teil meiner langjährigen Schuld tilgen.«

Obwohl Jessica noch verwirrt war, drang der von Adrian benutzte Begriff »Schuld« doch bis zu ihrem Bewusstsein vor. Sie drehte ihren Kopf ruckartig zu Adrian um: »Sie haben..., du hast keine Schuld an diesem Unfall.«

Adrian lächelte sanft zu ihr herüber. »Ja, das stimmt. Meine Verfehlung liegt bereits einige Jahre zurück und lässt mich manchmal nachts nicht schlafen. Aber jetzt ist es erst einmal wichtig, dass wir dich zu einem Arzt bringen. Wir sind gleich bei Dr. Pascal Breheims Praxis. Er ist ein exzellenter und mitfühlender Arzt. Damals...« Adrians Miene verfinsterte sich schlagartig und er brach seinen Satz ab.

Jessica hielt es jedoch für unangemessen, noch weiter nach den Ereignissen in der Vergangenheit zu fragen, die Adrian quälten.

»Dort vorne ist schon Dr. Breheims Praxis. Ich halte direkt vor dem Eingang auf dem Bürgersteig und bringe dich erst einmal herein«, schlug Adrian vor. Seine dunkle, männliche Stimme dröhnte in Jessicas Ohren nach und verscheuchten nahezu vollständig die Kopfschmerzen, die in ihrem Kopf aufzukommen drohten.

Während Adrian ihr vorsichtig, geradezu liebevoll, aus dem Wagen half, wagte Jessica es, einen verstohlenen Blick auf sein Gesicht zu werfen. Es war von Härte, aber auch von Gutmütigkeit gezeichnet.

Seine kurzen, dunkelbraunen Haare waren wellig und hatten sich inzwischen ein wenig aus ihrer Haargelschicht befreit, die offensichtlich zu ihrer Bändigung aufgetragen worden war. Adrians Augen leuchteten in verschiedenen Farben, je nachdem, wie direkt und stark der Lichteinfall war. Jessica konnte nicht bestimmten, ob sie nun dunkelblau oder braun waren. Obwohl ihr Daumen der linken Hand und das Gelenk der rechten Hand immer stärker zu pochen begann, konnte Jessica den Blick kaum von diesem Mann lösen. Er faszinierte sie. Er zog sie magisch an mit seiner Ausstrahlung, die durch Stärke, Dominanz, aber auch Leid und Fürsorge durchflutet war. Zudem sprach er alle anderen Teile ihres Körpers an, die nicht gerade schmerzten. Jessica schüttelte unwillig den Kopf, um diese starken Gefühle gegen den ihr im Grunde fremden Mann abzuschütteln. Vermutlich spürte sie nur Dankbarkeit für seine Hilfe, während ihr eigener Mann sie nur mit einem schadenfrohen Lachen im Stich gelassen hatte.

»Wollen Sie nicht in diese Arztpraxis?«, fragte Adrian verwirrt, der Jessicas Kopfschütteln offensichtlich falsch gedeutet hatte.

»Doch, natürlich möchte ich zu Doktor Breheim und untersucht werden. Mir ist nur etwas Unangenehmes durch den Kopf gegangen«, erklärte Jessica schnell. »Vielen Dank für deine Hilfe, Adrian. Den Rest schaffe ich allein.« Jessica spürte jedoch plötzlich einen Stich im Herzen, als sie sich von Adrian verabschieden wollte.

»Du brauchst gar nicht zu versuchen, mich hier abzuwimmeln. So schnell wirst du mich nicht los!«, lächelte Adrian, während sich seine dunkle Stimme leicht übermütig überschlug.

»Ja, stimmt, der Schaden an deinem Auto! Den habe ich in der Aufregung ganz vergessen«, erschrak Jessica peinlich berührt.

»Nein, das meine ich nicht. Ich habe noch nicht einmal nachgeschaut, ob überhaupt ein Schaden an meinem Auto entstanden ist. Aber wenn mir ein Engel wie du vor den Wagen läuft, werde ich ihn bestimmt nicht einfach wieder so gehen lassen!«, Adrians Mundwinkel zogen sich amüsiert hoch, was ihm ein noch männlicheres Aussehen verlieh.

»Dein Engel ist aber verheiratet!«, wandte Jessica ein.

»Nicht jeden Engel kann man besitzen. Aber ein Engel kann einem helfen, seinen inneren Frieden und vielleicht auch Vergebung zu erlangen.« Adrian seufzte einen Moment auf. »So, du gehst jetzt in die Praxis zu Dr. Breheim. Ich suche dann für mein Auto einen anständigen Parkplatz und hole dich von dem Doktor ab.«

Jessica nickte nur. Offensichtlich hatte er nicht dieselben Gefühle für sie, wie sie für ihn. Er suchte in ihr eher eine Möglichkeit, seine vergangene Schuld loszuwerden und nicht eine Frau, die er lieben konnte. Jessica lachte auf. Letztlich konnte sowieso nicht mehr aus ihnen werden, da sie verheiratet war.

Andererseits war Jessica es Adrian nach seiner Hilfe heute schuldig, ihm bei der Verarbeitung der Vergangenheit zu helfen, wenn sie es überhaupt konnte.

Adrian wartete, bis hinter Jessica die Praxistür zugegangen war. Dann erst drehte er den Schlüssel im Zündschloss um und reihte sich vorsichtig wieder in den langsamen Straßenverkehr ein. Jessica war die erste Frau seit der leidvollen Geschichte damals, an der er ernsthaftes Interesse hatte. Ihre Traurigkeit, ihre Hilfsbedürftigkeit und ihre Attraktivität hatten auch ihn völlig aufgewühlt.

Ihre langen, braunen Haare wirkten wie ein edler Rahmen um das runde, mädchenhafte Gesicht, das ihn nach dem Unfall eher verstört, als verführerisch angesehen hatte. Dennoch strahlte sie eine Weiblichkeit aus, die nicht nur seinen Beschützerinstinkt, sondern auch seine anderen männlichen Impulse aufgeweckt hatten. Jessica war zierlich und das verstärkte noch Adrians Verlangen, für sie da sein zu dürfen. Am Schönsten waren jedoch ihre grünen Augen, die wie ein Opal in allen möglichen Grüntönen schimmerten. Es war zu ärgerlich, dass Jessica schon verheiratet war. Aber es sprach nichts dagegen, ihr dabei zu helfen, wieder gesund zu werden und sich selbst zu beweisen, dass er sein verantwortungsloses Verhalten in seiner Vergangenheit nie mehr wiederholen würde. Adrian wollte sich nicht eingestehen, dass ihm am meisten die aufregende Aussicht gefiel, dass er unter diesem Vorwand mit Jessica Zeit verbringen konnte.

Als Jessica die Praxis von Dr. Pascal Breheim betrat, ertönte ein sanftes Klingeln an der Tür, das durch ein Glöckchen hervorgerufen wurde. Es klang wie das Klingeln des Glöckchens aus ihrer Kindheit, wenn der Vater am Heiligen Abend im Weihnachtszimmer stand und ihnen durch das sanfte Klingeln klar machen wollte, dass das Christkind jetzt da gewesen sei. Dieser hohe Ton beruhigte Jessica und löste gleichzeitig Trauer in ihr aus. Leider waren beide Eltern von ihr schon gestorben: ihr Vater an den Folgen eines Herzinfarktes und ihre Mutter an einem Schlaganfall. Jessicas Augen wurden feucht. Sie trauerte noch immer um ihre Eltern. Seit sie tot waren, fühlte sich Jessica sehr allein, obwohl sie bereits mit Kevin verheiratet war. Ihr Ehemann war ein guter Liebhaber, ein attraktiver Mann, aber leider kein guter Seelentröster oder Freund.

»Da kommt tatsächlich noch eine Patientin zu solch später Stunde und bei diesem frostig-nassen Wetter!« Der Arzt war aus einem Behandlungszimmer gekommen, als er das Klingeln der Praxistür vernommen hatte.

Als Jessica ihn ansah, erschrak er. »Was ist los? Sie sind ja völlig durcheinander und haben Tränen in den Augen. Offensichtlich leiden Sie unter starke Schmerzen.« Dennoch ging Dr. Breheim ruhig auf seine Patientin zu.

»Es geht«, versuchte Jessica tapfer zu sein. »Ich bin ausgerutscht und auf die Hände gefallen, nachdem mich ein Auto leicht angefahren hat.«

»Sie wurden angefahren? Wo ist der Fahrer?«, fragte der Arzt freundlich, aber bestimmt.

»Ich bin trotz roter Fußgängerampel auf die Straße getreten. Adrian, der Fahrer, dessen Auto mich leicht angestoßen hat, brachte mich hierher. Er sucht noch einen Parkplatz und holt mich gleich hier ab.«

»Gut, dann kommen Sie mal in mein Behandlungszimmer. Dort kann ich Sie dann untersuchen.« Dr. Breheim strahlte eine tiefe Ruhe aus und Jessica kam so langsam zu sich. Brav folgte sie ihm.

Dr. Breheim wies Jessica an, sich auf die Behandlungsliege zu setzen.

»Wie fühlen Sie sich? Haben Sie Schmerzen? Fühlen Sie sich benommen, ist Ihnen übel oder schwindelig?«

Jessica erzählte ihm, dass sie nur auf ihre Hände gefallen sei, die aber beide beträchtlich schmerzten und bereits starke Schwellungen sowie teilweise Verfärbungen aufwiesen. Ebenso berichtete sie Pascal von dem knackenden Geräusch im linken Daumen.

»Nehmen Sie doch bitte diesen Stift mal mit dem Daumen und Zeigefinger der linken Hand auf«, bat sie Dr. Breheim mit gerunzelter Stirn, zog einen Kugelschreiber aus der Brusttasche seines weißen Arztkittels und legte ihn neben sie auf die Liege. Jessica wollte seiner Anweisung Folge leisten, aber schreckte schmerzhaft zurück. Sie bekam den Daumen und Zeigefinger trotz aller Bemühungen nicht zusammen.

Als Dr. Breheim dann ihre Hand nahm und den Daumen versuchte, zur Hand zu stauchen, schrie Jessica kurz auf.

»Höchstwahrscheinlich haben Sie eine Kahnbeinfraktur. Sicherheitshalber sollten wir das jedoch noch mit einem Röntgenbild überprüfen, damit ich Sie auch richtig behandeln kann.«

»Kahnbeinfraktur?«, fragte Jessica verwirrt nach.

»Hier, schauen Sie mal.« Dr. Breheim holte sein lebensgroßes Plastikgerippe aus der Ecke, stellte es vor Jessica auf und nahm die linke Hand des Anschauungsobjektes. »Dort ist das Kahnbein«.

Dr. Breheim zeigte auf einen gut sichtbaren Knochen unterhalb des Daumens in der Hand. »Dieser Knochen ist bei Ihnen gebrochen.«

»Ist eine Operation nötig?«, fragte Jessica besorgt nach.

»Bei frischen Brüchen normalerweise nicht. Ich lasse zur Sicherheit gleich noch von Ihren beiden Händen und Handgelenken Röntgenaufnahmen machen. Mit den Bildern kommen Sie heute auf jeden Fall noch heute wieder hierher und wir werden das Weitere besprechen.«

Jessica nickte nur.

Die Tür der Praxis ging erneut auf. Mit seiner Entschuldigung »Einen Moment bitte, ich schau mal, wer hereingekommen ist.« verließ Dr. Breheim das Behandlungszimmer.

»Guten Abend, Adrian«, hörte Jessica beruhigt. Also hatte sie dieser fremde Mann tatsächlich nicht im Stich gelassen.

»Guten Abend, Pascal, ich bin der Autofahrer, der deine Patientin angefahren hat.«

»Ich hörte, dass du nicht schuld an dem Unfall warst. Das kann ich mir gar nicht vorstellen - bei deinem forschen Fahrstil.« Jessica nahm ein vertrautes Necken in Dr. Breheims Stimme wahr. Offensichtlich waren der Doktor und Adrian sehr gute Freunde.

Adrian erklärte sich sofort bereit, Jessica zum Röntgen ins Krankenhaus zu bringen. Er wartete ruhig mit ihr auf die Untersuchung dort und brachte sie mitsamt den Röntgenaufnahmen gute zwei Stunden später wieder in die Praxis von Dr. Breheim.

Die Röntgenbilder bestätigten Dr. Breheims Verdacht. Jessica hatte tatsächlich einen frischen Kahnbeinbruch am linken Handwurzelknochen unterhalb des Daumens. Das Handgelenk der rechten Hand hingegen wies jedoch glücklicherweise keinen Bruch, sondern nur eine Verstauchung auf, die aber noch mehr schmerzte als die Kahnbeinfraktur.

»Wie geht es denn jetzt weiter?«, fragte Jessica beunruhigt, während sie an den Streit mit Kevin dachte, der vor nur ein paar Stunden ihre Ehe erheblich ins Wanken gebracht hatte. Auf die Hilfe ihres Ehemanns konnte sie schon vorher, jedoch spätestens nach dieser unschönen Auseinandersetzung nicht mehr rechnen. Jessica hätte allerdings auch nicht mehr die hilflose Ehefrau bei Kevin spielen wollen, die nach seinen vielen Betrügereien und seiner Rücksichtlosigkeit dankbar über seine Unterstützung wäre. Sie schaute Dr. Breheim ratlos an.

Adrian hingegen wartete hinter der geschlossenen Behandlungszimmertür.

»Ihre Kahnbeinfraktur wird erfahrungsgemäß komplikationslos auch ohne Operation heilen. Allerdings benötigen Sie einen Naviculare-Gips.« Dr. Breheim redete mehr vor sich hin und bemerkte erst den fragenden Gesichtsausdruck von Jessica, als er aufschaute. »Das ist ein Armgips, wobei auch das Daumengelenk ruhiggestellt wird. Ihre anderen Finger können Sie dann noch bewegen. Den Gips müssen Sie allerdings ungefähr zwölf Wochen tragen. Nach sechs Wochen lasse ich Ihr Handgelenk nochmals röntgen, damit auch sichergestellt ist, dass der

Bruch gut verheilt und keine Komplikationen auftreten.«

Jessica nickte und druckste dann ein wenig herum. »Wenn ich allerdings krank wäre, könnte es dann sein, dass der Handwurzelknochen dann doch nicht ohne eine Operation heilt?«, fragte sie zaghaft nach.

»Ich verstehe Ihre Frage nicht so ganz?«, fragte Stephan erstaunt nach.

»Ist die Heilung unabhängig von einer Krankheit, wie beispielsweise eine Immunschwäche? Oder könnte sie den Heilungsprozess erschweren?«

Dr. Breheim schluckte einen Moment und fragte dann mit ernstem Gesichtsausdruck nach: »Sind Sie denn krank? Haben Sie sich mit dem HIV-Virus infiziert?«

»Das weiß ich nicht definitiv. Mein Mann hatte offensichtlich eine oder vermutlich sogar mehrere Liebesabenteuer. Seine letzte Geliebte hat ihm geschrieben, dass sie einen HIV-Test gemacht hat und ein positives Ergebnis erhielt. Sie glaubt, sie hat sich von meinem Mann angesteckt, da sie bisher keine anderen engen Freunde hatte.«

Dr. Breheims Gesichtsausdruck veränderte sich schlagartig. Er wurde wütend. »Manche Menschen gehen sehr verantwortungslos mit ihrer Gesundheit und der ihrer Mitmenschen um. Da Sie nichts von den Affären Ihres Mannes wussten, hatten Sie vermutlich noch intimen Kontakt in letzter Zeit mit ihm?« Dr. Breheim schluckte schwer.

Jessica nickte.

»Dann sollten Sie und auch Ihr Mann auf jeden Fall einen Aidstest machen, der Ihnen Sicherheit gibt, ob Sie sich angesteckt haben oder nicht. Selbst wenn auch Ihr Test ein positives Ergebnis zeigt, bedeutet das heutzutage noch nicht das Todesurteil. Ihr Leben geht auch dann weiter und Sie können mit entsprechender medizinischer Kontrolle und Versorgung noch sehr lange gesund bleiben. Leider gibt es jedoch noch keinen Impfstoff gegen den HIV-Virus.«

Jessica nickte - teils erleichtert - teils geschockt.

»Sie dürfen jedoch in keinem Falle das Risiko eingehen, sich nochmal ungeschützt mit Ihrem Mann oder einem anderen Mann einzulassen.« Dr. Breheim zog eine Schublade seines weißen Medizinschrankes auf, ergriff ein paar der viereckigen Plastikpäckchen und reichte sie Jessica. »Die Kondome sollten erst einmal vorübergehend helfen.«

»Danke! Wann kann ich zum Aidstest zu Ihnen kommen?«, Jessica war bereits jetzt klar, dass sie bei diesem freundlichen, kompetenten und verständnisvollen Hausarzt bleiben würde. In dieser verzweifelten Situation zeigte er ihr die Wege, die sie noch hatte, und spendete Hoffnung.

»Das Antivirus gegen das HIV-Virus bildet sich erst frühestens zwölf Wochen nach der Ansteckung zuverlässig. Der Aids-Test sucht genau nach diesen Antikörpern. So lange liefert der Test noch kein zuverlässiges Ergebnis. In dieser Wartezeit von zwölf Wochen dürfen Sie dann selbstverständlich keinen weiteren ungeschützten Kontakt zu ihrem womöglich infizierten Mann haben und natürlich auch zu keinem anderen. Ich schätze, dass wir mit dem Aids-Test ungefähr so lange warten müssen, bis wir Ihnen Ihren Gips am rechten Arm abnehmen können.« Dr. Breheim schaute Jessica ernst an. »Konnten Sie meinen Erklärungen folgen?«

Jessica nickte. »Das ist eine lange Wartezeit, in der man sich unsicher ist, ob man diese tödliche Krankheit hat.« Sie stöhnte auf.

»Wenn der Test die Antikörper HIV positiv nachweisen kann, heißt das noch nicht, dass Sie krank sind. Bei einer unvernünftigen

Lebensweise und ohne medizinische Behandlung können Sie natürlich sehr schnell an der Autoimmunkrankheit Aids erkranken. Sie müssen aber nicht unbedingt Aids bekommen. Es gibt heute sehr wirkungsvolle Wirkstoffe, die die Erkrankung sehr lange herauszögern oder sogar verhindern. Mit ein bisschen Arbeit und Veränderung der Lebensweise können Sie heutzutage sogar noch gesunde Kinder bekommen, was jedoch voraussetzt, dass Sie mit einem Arzt Ihres Vertrauens zusammenarbeiten.« Dr. Breheim legte den Arm um Jessicas Schultern. Jessica rührte sich nicht.

»Zurzeit wissen wir noch gar nicht, ob Sie sich überhaupt angesteckt haben. Es ist noch nicht einmal sicher geklärt, ob ihr Mann den HIV-Virus hat. Versuchen Sie, möglichst ruhig zu bleiben. Ich verspreche Ihnen, dass Sie selbst im schlimmsten Falle noch auf ein langes und symptomfreies Leben hoffen können.

Jessica nickte. Sie wusste, dass Dr. Breheim sie beruhigen wollte und diese Sicherheit auch nicht mit falschen Versprechungen vermittelte. Dennoch konnte Jessica die vielen negativen Ereignisse dieses Abends noch nicht ordnen.

Die Geschehnisse dieses einen Tages hatten ihre ganze Welt und ihre Lebensplanung auf einen Schlag völlig durcheinandergebracht.

Dr. Breheim ließ Jessica los, schob den weiten linken Ärmel ihres Wollpullovers sanft hoch und begann, ihren linken Arm vorsichtig einzugipsen. Danach rieb er auch Jessicas rechtes Armgelenk mit einer kalten, weißen Salbe ein und umwickelte ihn mit einem Verband. Jessica ließ alles wortlos über sich ergehen.

»So Frau Maarin. Für heute sind Sie fertig. Ich schreibe Ihnen noch Schmerzmittel auf, die Sie bitte aber nur bei Bedarf nehmen. Sollten Ihre Beschwerden jedoch stärker werden, kommen Sie doch bitte wieder zu mir. Sollten Sie Probleme mit der Bewältigung Ihrer Alltagsarbeiten haben, wie Kochen, Waschen oder Toilettengang, können Sie bei Ihrer Krankenkasse eine Haushaltshilfe beantragen. Ansonsten sind Sie verheiratet, wie Sie mir vorhin erzählten. Wird Ihr Mann zuhause sein oder haben Sie sich womöglich getrennt?«

»Nein, ich wollte nur heute einen Tag woanders schlafen, um einen klaren Kopf zu bekommen. Mein Mann ist jedoch nicht viel zuhause. Er hat eine Fahrschule und unterrichtet auch abends und an den Wochenenden.« Jessica erzählte dies tonlos, denn sie merkte schon jetzt, dass sie ihre Arme kaum bewegen konnte. Ihr linker Arm war steif durch den Gips und ihr rechtes Handgelenk schmerzte erheblich. Die Vorstellung, mit der rechten Hand eine Tasse anzuheben oder auch nur die Zahnbürste zu führen, erschien ihr momentan unmöglich.

»Gut, Frau Maarin. Dann kommen Sie doch heute Abend zu mir und meiner Frau. Ich habe ein schönes Gästezimmer und eine kleine Klingel. Wenn etwas ist, klingeln Sie einfach und morgen schauen wir mal, wie es weitergeht. Bis dahin haben Sie vielleicht schon ein wenig gelernt, wie Sie sich trotz Ihrer vorübergehenden Behinderungen behelfen können. Vermutlich haben auch Ihre Schmerzen im verstauchten Handgelenk schon ein wenig nachgelassen und die Schwellung dort ist zurückgegangen. Wenn Sie in meinem Gästezimmer übernachten, kann ich mir die Verstauchung nochmal morgen früh anschauen und Sie frisch verbinden. Ach ja, sind Sie berufstätig?«

»Ja!« Jessica erschrak. An ihre Arbeitsstelle hatte sie noch gar nicht gedacht. Es würde unmöglich für sie sein, irgendeine Tätigkeit als Krankenschwester zu erledigen.

»Gut, dann stelle ich Ihnen auch noch eine Arbeitsunfähigkeitsbescheinigung erst einmal für zwei Wochen aus. Danach kommen Sie bitte wieder in meine Praxis. Als was arbeiten Sie denn?«

»Ich bin Krankenschwester und wir sind schon unterbesetzt in der Klinik.« Jessicas Stimme bebte.

»Nun machen Sie sich mal keine Sorgen. Sie können an der Situation nichts ändern, Frau Maarin. Allerdings wundere ich mich, dass Ihnen als Krankenschwester der Begriff Kahnbeinbruch nichts gesagt hatte.«

Jessica schluckte. »Ich habe den Begriff in meiner Ausbildung schon gehört. Ich wusste wohl noch, dass die Heilung lang dauert und womöglich mit einer Operation verbunden ist. Ich arbeite in der internistischen Station und seitdem habe ich mich auf die dort relevanten Krankheiten, Symptome und Arbeiten konzentriert«, verteidigte sich Jessica.

Dr. Breheim lachte auf. »Sie brauchen sich vor mir nicht zu rechtfertigen. Der medizinische Bereich ist sehr umfangreich und man muss sich ständig weiterbilden und auf dem Laufenden halten, um ein guter Arzt zu sein. Aber auch in unserer Berufsgruppe gibt es Fachärzte, die sich ebenfalls nur auf einzelne Teile der Medizin, Heilung und Symptomatik konzentrieren. Es ist völlig richtig, wenn auch Sie das in Ihrem Beruf tun.«

Jessica hörte, wie der Drucker auf Dr. Pascal Breheims Schreibtisch ratterte und der Arzt steckte schnell noch einen gelben Krankschreibungsvordruck in den Einzug. Glücklich fing der Drucker an, seine Aufgabe zu erledigen, wobei Jessica ihn fast beneidete. Für sie würden jetzt endlose Tage in Einsamkeit und Langeweile bevorstehen, denn im Grunde konnte sie froh sein, wenn sie die täglichen Reinigungs-, Kleidungs- und Ernährungsroutinen selbstständig erledigen könnte. An Hobbys oder Arbeiten war vorerst nicht zu denken.

Dr. Breheim nahm die bedruckte Arbeitsunfähigkeitsbescheinigung aus dem Drucker, zeichnete sie ab und gab sie Jessica langsam in die linke Hand. Sie konnte sie zwischen dem Zeige- und Ringfinger geklemmt halten.

»Das alles ist sehr nett von Ihnen. Lieben Dank, Herr Doktor Breheim«, bedankte sich Jessica bei ihm. Sobald sie morgen zuhause sein würde, wäre sie auf sich alleine gestellt.

Von ihrem Ehemann Kevin durfte Sie keine Hilfe erwarten, eher Hohn, Spott und Ärger.

Auch Adrian schien es als Beruhigung zu empfinden, dass Jessica erst einmal eine Nacht bei seinem Freund Pascal und seiner Frau schlafen konnte. Er brachte Jessica sofort ihren Koffer in die Praxis, der sich noch in dem Kofferraum seines Autos befand. Zum Abschied nahm er Jessica in den Arm. »Ich hole dich morgen um 10:00 Uhr von Pascal Haus ab. Dann planen wir, ob ich dich nach Hause fahre oder wie es weitergeht.«

Jessica hatte Tränen in den Augen. »Ihr seid so fürsorglich. Ganz vielen Dank!« Wenn ihre Handgelenke nicht so geschmerzt hätten, hätte auch sie gerne Adrian umarmt. So konnte sie sich jedoch nur kurz an seine Brust anlehnen, ehe sie mit Dr. Breheim zum Auto ging, der wie selbstverständlich Jessicas Koffer trug.

Adrian sah Jessica noch lange hinterher. Was hatte diese Frau nur an sich, was ihn so faszinierte? Waren es ihre langen dunkelbraunen Haare, die ihr rundes, mädchenhaftes Gesicht so niedlich einrahmten? War es ihre Hilflosigkeit oder ihre zierliche Figur?

Ruckartig drehte sich Adrian um, wobei er fast selbst auf dem inzwischen an der Oberfläche vereisten Schnee ausgerutscht wäre.

Es war unmöglich, er konnte sich nicht in Jessica verliebt haben. Oder doch? Nachdem seine letzte Beziehung so katastrophal geendet hatte, wollte sich Adrian nur noch seinem Beruf als Chemiker widmen. Diese Wissenschaft konnte er kontrollieren und begreifen. Adrian konnte sich ihr widmen oder es lassen - er verletzte niemanden damit. Die Chemie konnte er nicht im Stich lassen und sich wie ein Idiot benehmen - so wie er es bei seiner Ex-Freundin getan hatte. Im schlimmsten Fall müsste er selbst die Konsequenzen tragen und würde entlassen werden. Adrian wollte jedoch nie wieder einem Menschen so sehr weh tun, wie er es bei bereits getan hatte, und er wollte auch nie wieder jahrelange Schuldgefühle mit sich herumschleppen.

Adrian ging langsam den glatten Bürgersteig entlang, während er sich immer klarer wurde, dass sich seine Gefühle schon eindeutig gegen seinen Verstand entschieden hatten: Adrian hatte sich in Jessica verliebt und wünschte sich bereits, mit ihr zusammen zu sein.

Jessica wurde von Doktor Pascal Breheim und seiner Frau sehr warmherzig empfangen. Einerseits war es ihr peinlich, dass sie sich sogar die Schnitte Graubrot beim Abendessen von dem netten Arztpärchen belegen und vorschneiden lassen musste. Andererseits fühlte sich Jessica jedoch sehr gut betreut und fand so langsam ihre innere Ruhe wieder. So versuchte sie, sich dann schon vorsichtig selbst für das Schlafen vorzubereiten: ihren Schlafanzug anzuziehen, Zähne zu putzen und das Gesicht mit einem Waschlappen zu reinigen. Mit viel Mühe und noch mehr Geduld gelangen ihr diese täglichen Routinetätigkeiten, ohne dass die Schmerzen in ihren Handgelenken unerträglich wurden.

Jessica schlief wie ein Stein und wachte mit einem wesentlich klareren Kopf und ausgeruht im Gästezimmer des Ehepaar Breheims auf, als sie Geschirrklappern vernahm. Ein Blick auf ihre Handyuhr verriet ihr, dass es kurz vor 8:00 Uhr war und vermutlich gerade der Frühstückstisch gedeckt wurde.

Während Jessica langsam aufstand und noch langsamer versuchte, sich anzuziehen, huschten ihr nochmal die Geschehnisse des gestrigen Abends durch den Kopf. Was passiert war, glich einer Katastrophe: die Postkarte von Kevins Geliebten Sarah, Sarahs positiver HIV-Test, Jessicas Unfall, ihre schmerzenden Handgelenke, Kevins höhnische Reaktion darauf und Adrian!

Jessica schüttelte den Kopf. Nein, Adrian war der Held gewesen, der ihr zur Seite gestanden hatte. Jessica spürte, wie sich ihr Gesicht zu einem liebevollen Lächeln verzog und ihr Herz zu Klopfen anfing. Adrian hatte sie zum Abschied in den Arm genommen. Sie wäre am liebsten für immer dort geblieben - an der Brust dieses attraktiven Mannes. Jessica spürte plötzlich, dass sie mehr als Dankbarkeit für diesen Mann empfand. Da wurde ihr schlagartig klar, dass auch ihre Gefühle für Adrian als verheiratete Frau einer Katastrophe empfindlich nahekamen.

Jessica war sehr froh darüber, dass auch bei dem gemeinsamen Frühstück mit Dr. Breheim und seiner Freundin nicht auf ihren Ehemann angesprochen wurde. Pascal wusste, dass dies nach den Vorfällen des letzten Abends ein schwieriges Thema war, und wollte Jessica nicht bedrängen. Seine Frau besaß ebenfalls genügend Feingefühl, nicht auf Jessicas

Ehemann anzusprechen, wenn sie es nicht selbst tat, obwohl sie sofort den schmalen goldenen Ehering an Jessicas rechtem Ringfinger entdeckt hatte.

Als es auf 10:00 Uhr zuging, wurde Jessica immer nervöser. Würde Adrian sein Versprechen tatsächlich einhalten und sie an diesem Morgen persönlich von Pascal abholen? Ihren Koffer hatte Jessica schon gepackt und Pascal war so freundlich gewesen, ihn für sie zu schließen. Vor allem ihr rechtes, verstauchtes Handgelenk schmerzte noch sehr und so war sie dankbar für jede Hilfe.

Tatsächlich schellte es an Dr. Breheims Haustür kurz vor 10:00 Uhr. Am liebsten wäre Jessica direkt selbst zur Tür gelaufen, um Adrian möglichst schnell wiederzusehen, aber sie wusste, dass dies in der fremden Wohnung nicht angemessen sein könnte.

So wartete sie nervös auf dem dunklen Dreier-Sitzer-Sofa sitzend ab. Teils beruhigt, teils aufgeregt hörte sie, wie Dr. Breheim die Tür öffnete und rief: »Ah, guten Morgen, Adrian. So pünktlich kenne ich dich gar nicht. Du magst wohl meine nette Patientin oder dich plagt doch noch das schlechte Gewissen.«

Jessica hörte etwas, das wie eine Umarmung unter Männern klang, die sich kumpelhaft mit der Hand gegen den oberen Rücken schlugen.

»Wegen dem Unfall gestern habe ich garantiert kein schlechtes Gewissen, auch wenn ich mir heute Nacht doch Sorgen um Jessica gemacht habe! Ich hoffe nur, dass du gestern Abend nicht zu sehr den mahnenden Arzt, sondern eher den fürsorglichen Pfleger herausgespielt hast.« Adrians dunkle Stimme drang gut hörbar durch Dr. Breheims Diele. Seine männlich-starke Stimme durchrang auch Pascals großes, helles Wohnzimmer und erreichte direkt Jessicas hüpfendes Herz.

Sie spürte nahezu wie ein Magnet, wie Adrian mit männlich bestimmenden Schritten langsam durch den Flur ging und ihr immer näherkam.

»Im Wohnzimmer sitzt dein Unfallopfer - und sie sieht nicht so aus, als hätte ich ihr gestern Abend noch einen Schrecken eingejagt«, erklärte Dr. Breheim seinem Freund im ironischen Tonfall. Es schwang jedoch auch ein Lächeln in seiner Stimme mit.

Als Adrian ebenfalls grinsend um die Ecke in das Wohnzimmer bog, sprang Jessica vor Aufregung auf. Adrians kurze, dunkelbraune

Haare waren ein wenig zerzaust, aber auch seine Augen leuchteten.

Jessica schnappte nach Luft, da seine männliche Erscheinung ihr fast den Atem zu nehmen drohte.

Aber auch Adrian blieb einen Moment stehen, als er sie sah. »Guten Morgen, Jessica. Heute siehst du tatsächlich noch besser aus.« Er grinste.

»Ich weiß nicht, ob überhaupt jemand noch einigermaßen gut aussehen kann, wenn er vor deinem Auto liegt«, scherzte jetzt auch Jessica.

»Ich habe damit nicht gemeint, dass du mir nicht gefallen hast, als du gestern vor meinem Auto lagst«, konterte Adrian.

»Vielleicht sollte ich euch beiden Turteltauben mal alleine lassen«, mischte sich Dr. Breheim ein. »Ich hätte meine Praxis eh schon vor ein paar Minuten öffnen müssen. Adrian, deine Unpünktlichkeit hat sich wohl heute auf mich übertragen?«

Adrian lachte belustigt auf, wobei er seine Augen jedoch nicht von Jessica lösen konnte.

»Ach ja«, der Gesichtsausdruck von Dr. Pascal Breheim wurde plötzlich ernst, als er sich an Jessica wandte, »auch, wenn sich Ihr Leben momentan sehr verändert hat, sollten Sie Ihre nächsten Schritte erst einmal überdenken, ehe Sie sie gehen.« Dr. Breheim sah Jessica an, die sofort verstand, dass es um ihre noch bestehende Ehe und Adrian ging.

Jessica nickte. »Sie haben Recht. Ich sollte erst einmal zur Ruhe kommen, ehe ich noch mehr zerstöre.«

»Genau! Wenn bloß alle Patienten so einsichtig wären«, murmelte Dr. Breheim, ehe er sich seine Aktentasche schnappte und schnellen Schrittes sein Haus verließ.

Als er seine Wohnung verlassen und die Haustür nach ihm laut ins Schloss gefallen war, fing Adrian wieder an, warm zu lächeln.

»So, nun begrüße ich dich erst einmal angemessen. Wehren kannst du dich mit deinem Gipsarm und dem anderen bandagierten Arm nicht mehr.«

Adrian ging nun zielstrebig auf Jessica zu und umarmte sie. Ihr Herz klopfte wild, zumal sie seine herzliche Umarmung nicht gleichermaßen erwidern, sondern sich nur wieder an seine Brust drücken konnte.

Sie spürte, dass Adrian seinen Kopf sanft auf ihren legte. Die Umarmung, die Wärme und Adrians Nähe tat Jessica so gut nach dem seelisch und körperlich verletzenden Vortag.

Sofort stand jedoch ihr Ehemann Kevin in Gedanken vor ihr - arrogant, selbstgefällig und mit anderen jungen Frauen flirtend. Unwillkürlich schüttelte sich Jessica.

Adrian wich sofort zurück. »Entschuldigung, wenn ich dir nähergekommen bin, als du es willst. Ich dachte nur, uns verbindet jetzt irgendetwas miteinander - nach dem Unfall von gestern.« Adrian schien plötzlich unsicher.

»Nein, das ist es nicht.« Jessica schluckte. Adrian war die letzte Person, mit der sie über ihre Eheprobleme reden wollte. »Ich habe nur einen Moment an gestern denken müssen«, wich sie der Antwort so wahrheitsgetreu wie möglich aus.

»Du bist noch schockiert von deinem Sturz, nicht wahr? Vermutlich hast du auch starke Schmerzen?« Adrian ging nahtlos in seine Rolle als Fürsorger über. Dennoch hatte er noch immer den Eindruck, ein wenig zu aufdringlich seine Hilfe und Wärme anzubieten. Offensichtlich wollte Jessica seine Umarmung nicht. Sie war ihr unangenehm und diese Tatsache sollte er respektieren.

»Die Schmerzen sind gut zu ertragen, zumal ich bis jetzt noch nichts habe machen müssen. Das Frühstück wurde mir serviert, das Brot geschmiert und mundgerecht vorgeschnitten. Das Kauen der Nahrung konnte ich dann gerade noch selbst übernehmen.« Jessica versuchte sich an einem Lächeln, was aber sehr verkrampft wirkte.

»Ich verstehe«, sagte Adrian, obwohl Jessica seinem Gesichtsausdruck ansah, dass er nicht wirklich etwas verstand. Wie sollte er auch? Adrian wusste nichts von den Geschehnissen vor ihrem Unfall und Jessica wollte dies auch nicht ändern.

Adrian räusperte sich. »Ich schlage dann vor, dass wir noch in ein ruhiges Café fahren und einen warmen Kaffee und ein Stück stärkende Torte essen. Bei diesem Schneematschwetter können wir schlecht spazieren gehen, ohne das Risiko einzugehen, dass einer von uns noch einmal ausrutscht«, bot Adrian an.

Jessica lachte erleichtert auf. »Das ist eine gute Idee. Stell dir vor, ich würde mit den beiden unbeweglichen Armen wie ein Pinguin über den Schnee laufen müssen, um ein wenig mein Gleichgewicht zu halten, wenn ich rutsche. Da würde der nächste Sturz tatsächlich nicht lange auf sich warten lassen.«

Adrian lachte leicht auf. »Ich würde dich garantiert festhalten, damit dir das nicht nochmal passiert. Zudem habe ich noch eine Schuld aus vergangenen Jahren abzuarbeiten. Aber das geht vermutlich auch im Café. Ich werde dich wohl füttern müssen und einen hitzebeständigen Strohhalm zum Kaffee besorgen.« Adrian war so sehr erleichtert, dass Jessica noch bereit war, mit ihm etwas Zeit zu verbringen, dass er die enttäuschten Stirnfalten in ihrem Gesicht nicht bemerkte.

Sie lächelte und nickte, wobei sie jetzt am liebsten sofort nach Hause gefahren wäre. Jessica wollte nicht als Mittel zur Begleichung seiner Schuld dienen. Sie empfand zu viel für ihn, um nur seine Begleitung nur zur Erleichterung seiner Seele zu spielen. Jessica wollte sein Herz und seinen Körper erleichtern, nicht aber sein offensichtlich mit Schuld beladenes Gewissen. Dennoch spürte sie auch die Verpflichtung, nach alldem was er für sie seit gestern Abend getan hatte, jetzt für Adrian da sein zu müssen. Wenn Jessica nur wüsste, was er getan hatte, um sich über viele Jahre so schuldig zu fühlen. Hat er jemand umgebracht oder zusammengeschlagen? Nein, Jessica schloss jede Art von aktiver Gewalt bei Adrian intuitiv aus. Dazu war er nicht in der Lage. Hatte er seine damalige Freundin oder

Ehefrau betrogen? Könnte es sein, dass er deswegen eine so lange Zeit litt?

»Kannst du deine Winterjacke überziehen oder muss ich eine Decke besorgen?«, flachste Adrian weiter und riss damit Jessica aus ihren grübelnden Gedanken.

»Ich habe eine Winterjacke mit ganz weiten Ärmeln. Eigentlich ist es eher ein Cape. Da passen glücklicherweise auch dick vergipste oder einbandagierte Arme durch«, antwortete Jessica.

»Welche Farbe?«

»Dunkelbraun.«

Schon lief Adrian mit großen Schritten zur Garderobe in die Diele und kam tatsächlich mit der richtigen Jacke wieder.

Während ihr Adrian langsam in die Jacke half, fragte Jessica erstaunt: »Musst du eigentlich nicht arbeiten, Adrian? Es ist ein ganz normaler Arbeitstag und ich habe meinen Arbeitgeber schon heute Morgen über meinen Unfall und die Krankschreibung informieren müssen.«

»Eigentlich hätte ich tatsächlich arbeiten müssen. Aber ich bin Chemiker in einer leitenden Position mit einem tollen, überaus fähigen Team. Da ich weiß, dass heute keine wichtigen Termine anliegen, konnte ich mir kurzfristig einen Tag Urlaub nehmen.«

Es war rührend, wie vorsichtig Adrian das Cape über Jessicas Arme zog, während er wie nebensächlich von seinem guten Job und seinen zuverlässigen Mitarbeitern erzählte.

»Ich danke dir für die Unterstützung, Adrian! Ich bin Krankenschwester und kann mir noch nicht mal meinen Schichtdienst selbst einteilen. Dennoch macht mir der Job sehr viel Spaß!

»Dann genieße es mal, dass ich mich jetzt ein paar Stunden um dich kümmere. Betrachte mich als deinen persönlichen Pfleger«, scherzte Adrian und zwinkerte Jessica fröhlich zu.

Jessica nickte nur. Sie war enttäuscht, dass Adrian sie tatsächlich nur als die Frau zu sehen schien, die auf seine Hilfe angewiesen war.

Dennoch zwang sich Jessica auch ein Lächeln ab. Was erwartete sie? Sie war verheiratet, was Adrian auch wusste. Wie sollte er sich ihr gegenüber denn als anständiger Mann verhalten?

Adrian fuhr Jessica zu einem kleinen abgelegenen Café umgeben von Bäumen, Wiese und Sträuchern, die mit dem weißen

Schnee bedeckt waren. Liebevoll führte er Jessica zu einem Tisch an einem der großen Fenster, damit sie auch die weiße Natur im warmen Café genießen konnte.

Jessica mochte die Atmosphäre dieses kleinen, hellen Cafés. Es strahlte Freundlichkeit und Fröhlichkeit aus. Die Einrichtung bestand aus leichten Gartenmöbeln und überall standen bunte Blumen sowie Grünpflanzen. Es sah fast so aus, als wäre der Sommer in diesem Raum nie vergangen und die schneebedeckte Landschaft außerhalb der großen Fenster käme nur von einer Bildertapete. Auf den niedrigen, runden Bistrotischen lag jeweils eine einfarbige runde Tischdecke, jeweils in einem anderen Pastellton. Drei weiße Gartenstühle mit Armlehne und einem dicken Sitzkissen in der passenden Farbe zur Tischdecke standen um jeden Tisch herum. Zudem schmückte ein weißer Blumentopf mit einer Gerbera jeden Tisch. Mitten im Café und vor den Fenstern standen in regelmäßigen Abständen viereckige, weiße Holzblumenkübel, in denen bunte Gartenblumen und Grünpflanzen gepflanzt waren.

Kaum hatte Jessica die ganze Pracht dieses Cafés im Sommergartenstil bewundert, stand auch schon die junge Bedienung bei ihnen und zückte ihren länglichen Block und einen Kugelschreiber mit Blumenaufdruck.

»Einen wunderschönen guten Morgen! Was darf ich Ihnen bringen?«, fragte die Serviererin, wobei ihre Stimme merkbar piepsiger wurde, als sie Adrian entdeckt hatte. Jessica bemerkte mit großer Verwunderung, dass die blonde, schlanke Frau, die ungefähr Mitte zwanzig sein durfte, plötzlich ihren Bauch einzog und ihre zierlichen Brüste herausstreckte. Jessica schaute erschrocken auf Adrian. Es war ihr gar nicht Recht, dass auch die Bedienung ihn anziehend fand.

Jessica schalt sich jedoch sofort selbst. Es war grotesk. Sie als verheiratete Frau konnte doch nicht eifersüchtig sein, wenn eine fremde Frau mit einem ihr nahezu fremden Mann flirtete. Während Jessica noch mit ihren Gefühlen kämpfte, spürte sie, wie Adrian, der neben ihr saß, den Arm um ihre Schulter legte.

»Schatz, was hättest du denn gerne heute? Ein Kännchen Kaffee oder lieber eine heiße Schokolade?« Adrian hatte viel Spaß damit, Jessica als seine geliebte Freundin vorzustellen.

Jessica lachte erleichtert auf. Die junge Bedienung gab ihrem ohnehin flachen Bauch wieder seine gewohnte Bewegungsfreiheit und hörte auf zu grinsen.

»Eine heiße Trinkschokolade wäre toll!« Nun wurde auch Jessicas Stimme deutlich höher.

»Wollen Sie sie mit Sahne oder ohne?«, fragte die Serviererin schnippisch.

»Meine Freundin ist so süß, die nimmt immer ihre heiße Schokolade mit Sahne. Schatz, die Himbeer-Pudding-Torte schmeckt hier ganz hervorragend. Die Himbeeren sind frisch und saftig und der Pudding verleiht der Torte eine besondere Sahnenote.« Adrians Ton war übertrieben tuntig geworden und Jessica verschluckte sich vor Lachen.

Adrian, der sich durch Jessicas Freude an seinem kleinen Schauspiel bestätigt fühlte, setze seine Show fort. »Meine Freundin ist seit ein paar Tagen so stark erkältet. Das Wetter ist wirklich fürchterlich zurzeit. Aber man kann es nicht ändern. Wir nehmen einen Espresso, eine warme Schokolade mit ganz viel Sahne und zwei breite Stücke von der Himbeer-Pudding-Torte«, bestellte Adrian gekünstelt, während er Jessica einen sanften Kuss auf ihre Wange drückte.

Ohne ein weiteres Wort drehte sich die Bedienung weg und verschwand. Ihr Interesse an Adrian schien vollständig verschwunden zu sein.

Jessica schaute Adrian noch immer lachend an: »Arbeitest du nebenher als Schauspieler?«

Adrian schaute Jessica mit einem verschmitzten Gesichtsausdruck an. Er kniff zweifelnd die Augen zusammen und antwortete dann in einem beleidigten Ton: »Schauspieler? Was soll das heißen? Ich liebe die Himbeer-Pudding-Torte hier. So bin ich halt. Ein süßer Typ wie ich darf süße Dinge lieben.« Als Jessica wieder zu grinsen anfing, verdrehte Adrian gespielt die Augen und gab ihr unvermittelt einen Kuss auf den Mund. Jessicas Grinsen verschwand.

»Ich habe dir doch gesagt, dass ich verheiratet bin?«, fragte Jessica vorsichtig nach.

»Ich bitte um Entschuldigung, aber ich konnte einfach nicht anders. Du sahst so niedlich aus - du wirktest so hilflos!« Adrian nahm jetzt den Arm von ihren Schultern.

»Außerdem«, fragte Adrian nun ernst nach, »warum hast du bei Doktor Pascal Breheim übernachtet, wenn dein Mann zu Hause auf dich gewartet hat?«

»Ich wollte ursprünglich eine Nacht bei meiner Arbeitskollegin schlafen, um einen klaren Kopf zu bekommen. Daher hatte ich auch den Koffer dabei.«

»Dann gibt es Probleme zwischen dir und deinem Mann?« Offensichtliche Hoffnung klang in Adrians Stimme mit.

Jessica schaute in seine Augen, die wahres Interesse an ihren Eheproblemen zeigten. Sie kämpfte mit sich, ob sie ihm nun alles erzählen sollte, obwohl es ihn im Grunde nichts anging. Da Jessica daher nicht sofort antwortete, atmete Adrian tief ein: »Ich muss mich wohl noch einmal bei dir entschuldigen. Deine Eheprobleme gehen mich nichts an. Ich war nur verärgert - vielleicht auch nur sehr erstaunt darüber, dass dich dein Ehemann in solch einer hilfebedürftigen Situation im Stich lässt. Schließlich kannst du beide Arme und die Hände kaum benutzen. Da ich jedoch nicht weiß, was passiert ist, sollte ich ihn nicht voreilig verurteilen.« Adrian stöhnte auf. »Und gerade ich sollte es sowieso nicht tun. Auch wenn ich gerade versuche, ein wenig davon wieder gut zu machen.« Nun saß Adrian in sich zusammengesunken auf dem Gartenstuhl. Er war ein schmaler, sportlich wirkender Mann, aber momentan erinnerte er an ein Häufchen Elend.

»Willst du mir erzählen, was passiert ist?«, fragte Jessica leise nach. Nun wusste sie mit Sicherheit, dass er sich so liebevoll um sie kümmerte, um sein Gewissen ein wenig reiner zu waschen. Dennoch hatte sie Angst davor zu erfahren, was Adrian getan haben könnte. War sie etwa zu einem Vergewaltiger ins Auto gestiegen oder womöglich zu einem Mörder?

»Nein!« Adrian schüttelte den Kopf, während er ihn wieder hob. »Nein, damit kann ich dich nicht belasten.«

Jessica zuckte zurück. Adrian musste etwas Schreckliches getan haben, dass er sogar vermutete, er könnte eine fremde Frau damit deprimieren. Besaß sie eine so schlechte Menschenkenntnis? Jessica konnte sich noch immer nicht vorstellen, dass Adrian zu vorsätzlichen Gewalttaten fähig wäre.

Adrian hatte mitbekommen, dass Jessica sich zurückgesetzt hatte. Er lächelte sie leicht an und meinte dann: »Wenn du jedoch das nächste Mal einen freien Kopf bekommen willst, dann melde dich bei mir. Ich besitze ein eigenes, altes Mehrfamilienhaus. Es gab einen riesigen Raum unter dem Dach, den ich in einen Wohnraum mit Kochgelegenheit umgebaut habe. Eine zugegebenermaßen kleine Toilette mit Waschbecken gehört auch dazu. Es gibt dort auch einen Kabel- und Internetanschluss. Ich vermiete diese Wohneinheit immer als günstige, möblierte Studentenwohnung. Seit drei Wochen steht sie allerdings frei. Solange ich noch keinen Nachmieter gefunden habe, kannst du sie gerne nutzen.« Adrian sprach langsam. Er hatte deutlich gemerkt, dass Jessica immer wieder zurückwich, wenn er ihr zu nahekam. Offensichtlich war ihre Ehe noch nicht endgültig zerrüttet und sie hing noch an ihrem Ehemann. Er war wie hypnotisiert von Jessica und hätte sich sehr gewünscht, dass sie auch so für ihn empfunden hätte. Ihre Zurückweisung tat ihm jedes Mal weh. Aber Adrian war sich dennoch absolut im Klaren darüber, dass er dieses Mal seine Bedürfnisse nicht über die einer hilfebedürftigen Person stellen durfte. Wenn Jessica seine Unterstützung wollte, würde er sie nicht wegen eigener verletzter Gefühle zurückweisen. Diesmal wollte er alles richtig machen.

Nachdem Jessica einen Moment über dieses verlockende Angebot von Adrian nachgedacht hatte, schüttelte sie den Kopf. »Das Angebot kann ich nicht annehmen. Dennoch danke ich dir für die Großzügigkeit.«

»Warum nicht? Diese Studentenwohnung ist eine in sich abgeschlossene Wohneinheit. Du bist vollkommen frei dort und sie steht sowieso leer. Ehe ich täglich nachschaue, ob dort alles in Ordnung ist, würde ich mich freuen, wenn das jemand für mich übernähme, oder vertraust du mir nicht?« Adrian Augen schimmerten dunkel und traurig.

Jessica schluckte. Sie legte sehr viel Wert auf Ehrlichkeit und nun war es an der Zeit, selbst zu ihren Prinzipien zu stehen. »Adrian, ich weiß dein Angebot wirklich zu schätzen. Allerdings kenne ich dich noch nicht einmal vierundzwanzig Stunden. Du betonst immer noch, dass du ein schreckliches Geheimnis hast und dich die Schuld noch quält. Wie soll ich dir vertrauen, wenn ich nicht im Geringsten weiß, was damals geschehen ist? Wäre ich nicht eine fürchterlich dumme Frau, wenn ich das einfach ignorieren würde?«

Adrian nickte, lächelte aber nicht. »Ich habe noch mit niemandem darüber geredet, der nicht direkt mit den damaligen Geschehnissen zu tun hatte. Es fällt mir schwer und ich fühle mich wie ein Schuft - nein ich bin ein Schuft wegen der Sache, die ich getan habe.«

Jessica reagierte nicht, sondern schaute Adrian nur an, der sich nun mit den Unterarmen auf seinen Knien aufstützte. Jetzt lag es an ihm, ob er es ihr erzählen würde oder nicht. Jessica konnte nicht einfach ignorieren, dass Adrian Schuld auf sich geladen hatte, zumindest nicht, bis sie wusste, worin diese Schuld überhaupt bestand. Sie hatte aber andererseits auch Verständnis dafür, wenn Adrian einen Teil der Vergangenheit für sich behalten wollte. Schließlich war sie noch eine völlig fremde Frau für ihn und auch sie war noch nicht bereit, ihre Eheprobleme vollständig vor ihm auszubreiten. Allerdings würde sie dann vermutlich den Kontakt zu ihm abbrechen müssen, um sich selbst zu schützen.

Adrian schaute auf, als sie so gar nicht reagierte. Seine Stirn lag in Sorgenfalten, aber dennoch leuchteten seine Augen Jessica liebevoll an. Er kniff nach ein paar Sekunden sein linkes Auge zweifelnd zusammen: »Gut, ich schließe aus deinem Schweigen, dass du es dennoch unbedingt wissen willst. Ansonsten wirst du unseren Kontakt an dieser Stelle abbrechen. Habe ich Recht?«

Jessica nickte halb erleichtert, halb voller Bedauern, dass er jetzt vermutlich die zweite

Möglichkeit wählen würde. Sie kannte keine Männer, die Druck gut aushalten konnten. Kevin und auch ihr Freund vor ihm würden jetzt stur reagieren und »Dann auf Wiedersehen!« sagen. Also nahm sich Jessica ihre Handtasche, soweit sie das mit ihrem schmerzenden rechten Handgelenk zu Stande brachte, und stand auf.

»Hey, Jessica warte doch. Ich werde auf gar keinen Fall riskieren, dass wir uns nicht wiedersehen!«, rief Adrian erstaunt in seiner männlichen Basstonstimme. Sein Herz klopfte erschrocken. Er konnte es nicht zulassen, dass Jessica aus seinem Leben für immer verschwände.

Als Jessica ihn zweifelnd ansah, redete er weiter: »Ich weiß, dass du verheiratet bist und dich momentan nicht trennen willst. Es gibt dennoch viele andere Gründe, warum ich dich nicht gehen lassen kann. Ich werde dir die Geschichte von damals wahrheitsgemäß erzählen.«

Jessica setzte sich wieder. »Du hast viele Gründe?«, fragte sie leise nach.

»Ja, einer davon ist, mir zu beweisen, dass ich doch nicht solch ein Schuft mehr bin wie damals. Ich kann das gar nicht mehr begreifen, wie ich mich damals verhalten habe.« Adrian schien bereits in seiner Erinnerung gefangen zu sein. Seine sonst so lebendigen, dunklen Augen hatten einen glasigen Schimmer bekommen und starrten vor sich hin.

Jessica seufzte leise auf. Er lebte nur mit und in seiner Vergangenheit. Aber vielleicht war das auch besser so. Letztlich musste auch sie erst einmal schauen, wie und ob es mit Kevin und ihr weiterginge.

»Ich habe schon sehr früh meine damalige Freundin Hanna kennen gelernt. Ich war 16 und sie 15 Jahre alt. Als ich zwanzig Jahre alt war, zogen wir beide zusammen. Es war eine Bruchbude, denn sie begann nach dem Abitur eine Ausbildung zur Notariatsfachangestellten und ich befand mich am Anfang meines Chemiestudiums. Wir hatten kein Geld und ich jobbte nebenher. Aber es war eine dennoch leichte und glückliche Zeit. Ein Jahr später verlobten wir uns. Wir wollten tatsächlich heiraten, wenn ich mit meinem Studium fertig würde. Hanna hatte Verständnis dafür, dass ich immer weniger Zeit für sie aufbringen konnte. Mein Studium forderte mich. Häufig verbrachte ich die Abenden und Nächte lernend mit meinen Studienkollegen in irgendwelchen Studentenwohnungen. Hanna verhielt sich nie eifersüchtig und sie machte mir auch niemals deswegen Ärger.« Adrian sah kurz auf und Jessica sah, dass seine Augen feucht geworden waren. Plötzlich tat es ihr unheimlich leid, ihn dazu gebracht zu haben, die schmerzvolle Vergangenheit wieder durchleben zu müssen.

Jessica sagte leise: »Es tut mir leid. Vielleicht habe ich tatsächlich zu viel von dir verlangt.«

Doch Adrian schüttelte den Kopf. »Nein, ich möchte es dir jetzt erzählen. Ich bin es Hanna schuldig, es nicht mehr zu verheimlichen und ich möchte, dass du mir vertrauen kannst und auch merkst, dass ich mich geändert habe.«

Adrian holte tief Luft. »Als ich in den Semesterferien gerade eine Projektarbeit abgeschlossen hatte, legte mir Hanna schweigend zwei Konzertkarten von meiner Lieblingsoper »Die Zauberflöte« auf den Tisch. Einerseits war ich gerührt - zum anderen aber auch völlig übernächtigt und erschöpft. Das Konzert sollte an einem Samstagabend stattfinden, es war Freitagmorgen. Nachdem ich so viele Nächte für die Projektarbeit durchgearbeitet hatte, wollte ich ursprünglich am Wochenende nur noch schlafen. Zudem befand sich das Konzert weiter weg und ich musste meinen Vater um sein Auto bitten. Wir konnten kein eigenes Auto finanzieren. Ich bin sicher, Hanna hätte sich nicht beschwert, wenn ich ihr von meiner Erschöpfung erzählt und die Konzertkarten zurückgegeben hätte. Aber ich brachte es nicht übers Herz und sagte, ich würde das Auto ausleihen und mir ihr dorthin fahren.«

»Das klingt doch sehr liebevoll«, wunderte sich Jessica. »Wieso solltest du Schuld auf dich geladen haben?«

»Warte ab, Jessica.« Adrian stöhnte tief auf. »Also fuhren ich und Hanna am Samstagnachmittag zum Konzert los. Ich steuerte das Auto, da sie noch keinen Führerschein besaß. Ich wurde schnell müde und ließ verlauten, dass ich lieber geschlafen hätte, als jetzt dorthin zu fahren. Hanna war alles andere als begeistert. Zum ersten Mal stritten wir, während ich mich auf der Überholspur auf der Autobahn befand. Völlig übermüdet und verärgert wurde ich wohl immer langsamer und nahm das Hupen des Wagens hinter mir nicht wahr. Ich bemerkte auch nicht, dass wir auf der rechten Fahrbahn von einem anderen Auto überholt wurden. Irgendwie registrierte ich plötzlich, dass ich noch nicht einmal mehr 100 Stundenkilometer auf der Überholspur fuhr, blinkte und wollte auf die rechte Fahrbahn wechseln. Ich habe in meiner Unkonzentriertheit den rechts überholenden Wagen übersehen und es kam zu einem heftigen Unfall.«

Adrian machte eine Pause und sah Jessica an. Sein ganzes Gesicht wirkte gequält, und über seine Wangen rollten vereinzelte Tränen.

»Das Auto, das rechts überholt hatte, trug die Schuld!«, versuchte Jessica zu trösten.

»Das ist richtig, aber ich hätte mich niemals so benehmen dürfen. Ich war übermüdet, unkonzentriert und verärgert. Ich war einfach zu verantwortungslos. Und das war erst der Anfang meines katastrophalen Benehmens. Mir war unfairerweise außer ein paar Kratzern nichts passiert, aber Hanna ging es danach sehr schlecht. Obwohl ihr Airbag glücklicherweise aufgegangen war und sie dadurch noch geschützt war. Dennoch hatte sie ein starkes Schleudertrauma und konnte...« Nun atmete Adrian erst einmal tief durch. »...und konnte von da an nicht mehr laufen.«

»Oh mein Gott«. Jetzt verstand Jessica, warum Adrian so aufgeregt war, als sie von seinem Auto angestoßen worden war. Ihr Unfall hatte ihn an Hanna und den damaligen Autounfall erinnert.

»Dann bringe ich meine Beichte mal zu Ende«, setzte Adrian fort, wobei seine Stimme immer mehr zu beschlagen drohte. »Hanna wurde immer und immer wieder untersucht, durch verschiedenen Computertomografen und sogar durch den Kernspintomografen geschickt, aber die Ärzte konnten keine Verletzung des Rückenmarks oder der Nerven finden, die diese Lähmungserscheinungen erklärt hätten. Mit diesen Geräten können die Menschen vollkommen durchleuchtet und Schichtaufnahmen erstellt werden. Wenn bei Hanna eine körperliche Verletzung vorgelegen hätte, hätte sie bei diesen modernen Geräten gefunden werden müssen. Aber die Ärzte konnten sich die Lähmungserscheinungen einfach nicht erklären. Somit konnte Hanna auch nicht ärztlich geholfen werden. Die Untersuchungen zogen sich hin und es ging Hanna kein Stück besser, als mein Studium wieder begann. Da sie noch immer im Rollstuhl saß, hätte sie meine Hilfe dringend gebraucht. Ich war jedoch sehr ehrgeizig und wollte lieber studieren und mich weiterhin mit den motivierenden Studienkollegen treffen, als zuhause meine behinderte Verlobte zu pflegen.« Bitterkeit und Selbstvorwürfe schwangen in Adrians Sarkasmus deutlich mit.

Jessica nickte. Sie verstand Adrians damaligen Wunsch, frei sein zu wollen, aber auch seine jetzigen heftigen Schuldgefühle.

»Nun ja, nach ein paar Monaten wurde Hanna in eine Rehaklinik geschickt, da kein Arzt ihr mehr helfen konnte. Diese Rehabilitationsklinik lag über 300 Kilometer weit weg von meinem Studien- und Wohnort. Was soll ich sagen? Ich dachte gar nicht daran, meine so kostbare Zeit damit zu verschwenden, sie dort zu besuchen.« Adrian Stimme versagte, denn er hatte vergessen, zwischenzeitlich Luft zu holen.

»Nach ungefähr drei Wochen schicke Hanna mir einen kurzen Brief. Darin stand, dass sie mich ab sofort frei geben und von jeder Verpflichtung ihr gegenüber entbinden würde. Sie löste die Verlobung auf, die zumindest ich damals wohl überhaupt nicht ernst genommen hatte. Hannas Brief wirkte keineswegs verärgert, nur unendlich enttäuscht. Dennoch war ich froh, als ich las, dass ich nun offiziell frei war. Ich suchte mir sofort eine kleine, billige Studentenwohnung an der Universität, um mich noch intensiver meinen Freunden und Studien dort widmen zu können. Ich schrieb wenigstens zurück, dass ich ihr alles Gute wünsche und sie unsere

Bruchbude behalten darf. Zu meiner Schande muss ich gestehen, dass ich die behinderte Hanna damals nicht einen Moment in meinem Leben vermisst habe. Erst ein Dreivierteljahr später in meinen nächsten Semesterferien wurde mir schlagartig klar, wie unmöglich und grausam ich mich ihr gegenüber verhalten habe.«

Adrians Stimme versagte wieder. Jessica hätte so gerne ihre Hand auf seinen bebenden Arm gelegt, aber das ließen ihre Schmerzen nicht zu. So saß sie schweigend bei Adrian und konnte kaum glauben, was sie da hörte. Zu ihr war er so aufmerksam und fürsorglich. Adrian schien tatsächlich bei ihr seine Fehler von damals gut machen zu wollen.

Jessica räusperte sich nach einer Weile: »Wie ging es mit Hannas Erkrankung weiter?«

Adrian schaute Jessica mit feuchten Augen an. »Ich weiß es nicht. Hanna wohnte nicht mehr in unserer ehemaligen Wohnung. Dann nahm ich Kontakt zu ihren Eltern auf. Sie haben mir erst einmal die Wohnungstür vor der Nase zugeschlagen - und das völlig zu Recht. Als ich nochmals hartnäckig klingelte, sagte mir ihre Mutter, dass sie nach der Reha noch in eine andere Klinik gekommen sei, dort einen fantastischen Mann kennen gelernt hätte und nun mit ihm verheiratet sei. Ihren neuen Nachnamen wollte die Mutter mir aber nicht verraten. Ich habe Hanna nicht mehr gefunden.«

»Es ist doch schön, dass sie jetzt jemanden gefunden hat, der sich um sie kümmert und der offensichtlich besser zu ihr passt«, versuchte Jessica ihn zu trösten.

»Ja, das finde ich auch. Sie hatte - hoffentlich - doch noch ihr verdientes Glück gefunden. Allerdings wäscht mich das keineswegs von meiner Schuld rein. Ich bin ein Schuft und werde mir das einfach nicht verzeihen, Hanna im Stich gelassen zu haben, als sie mich am meisten brauchte.«

Adrian hatte seine Unterarme wieder auf seinen Knien aufgestützt und schaute gedankenverloren zu Boden. Dieser starke, attraktive Mann schien schwer unter seiner Gewissenslast zu leiden.

Jessica biss die Zähne aufeinander, nahm den Schmerz in Kauf und legte ihre rechte Hand auf Adrians Arm. Er schaute auf und lächelte ein wenig. »Ich brauche kein Mitleid, ich habe es nicht verdient. Ich wünsche mir nur, dass du meine Freundin bist.«

»Adrian, ich bin verheiratet.«

»Ich weiß. Es gibt doch viele Arten von Freundinnen. Ich brauche dich, Jessica!« Adrian schaute sie bittend an. Er wollte sie als Geliebte und Ehefrau in seinen Armen halten, aber er musste ihre Zurückweisung akzeptieren. Nur ganz verlieren durfte er sie nicht.

Jessica nickte. Sie würde ihm helfen, sich wenigstens ein Stück weit von seiner Schuld zu befreien. »Danke, dass du mir das erzählt hast!« Sie spürte eine so starke Vertrautheit und Anziehung zwischen ihnen, dass auch sie plötzlich wusste, dass sie ihn nicht verlieren wollte.

Gegen 16:00 Uhr brachte Adrian sie nach Hause. Er trug noch ihren Koffer bis vor ihre Wohnungstür. Dann strich er Jessica kurz über die Wange und drückte ihr eine Visitenkarte in die Hand. »Wenn irgendetwas ist, melde dich bitte!«, sagte er noch mit einem leichten Lächeln auf den Lippen, drehte sich um und verschwand.

Jessica starrte noch einen Moment Adrians Visitenkarte an. Darauf stand seine Arbeitsstelle, seine Position, seine E-Mail-Anschrift, Telefon- und Handynummer. Sie drückte die Karte kurz gegen ihr Herz, um sie dann schuldbewusst in ihre Geldbörse zu schieben. Adrian war der Unfallgegner gewesen. Den Besitz seiner Visitenkarte würde sie Kevin problemlos erklären können. Jessica schloss unter Schmerzen die Haustür auf. Sie ahnte nicht, was sie in ihrer Wohnung erwartete.

Jessica nahm an, dass ihr Ehemann Kevin zu dieser Uhrzeit im Fahrschulwagen saß und den ersten Schülern an diesem Tage praktischen Fahrunterricht erteilte. Schüler und Studenten bevorzugten gerne die Nachmittagsstunden, damit sie am Abend Zeit für wichtigere Dinge hatten, wie Feiern, Trinken und Freunde. Jessica grinste. Es war ihr auch sehr Recht, dass sie sich erst einmal alleine in ihrem Heim mit ihren jetzigen Behinderungen zurechtfinden konnte. Das höhnische Lachen ihres Ehemannes am Vorabend sah sie noch sehr lebhaft vor ihren Augen.

Mit viel Mühe schob Jessica ihren Koffer erst einmal mit Fußtritten über die Schwelle ihres Heimes. Dann schob sie mit dem Rücken die Wohnungstür wieder ins Schloss. Das reichte erst einmal. Erschöpft von den sich überschlagenden Geschehnissen der letzten nahezu 24 Stunden ließ sich Jessica erst einmal auf das Sofa in ihrem Wohnzimmer fallen. Würde sie Kevin verzeihen können? Wollte sie der Ehe mit ihm überhaupt noch eine Chance gegeben - nach all seinen Betrügereien und Lügen? Jessica hatte ihn geheiratet: »In guten sowie schlechten Zeiten.« Vermutlich sollte sie tatsächlich versuchen, mit Kevin eine Lösung für ihre Ehe zu finden.

Plötzlich hörte Jessica ein Knarren, das sie nicht zuordnen konnte. Waren etwa Einbrecher in ihrer Wohnung? Mit ihren unbeweglichen Handgelenken und Armen würde sie nichts gegen sie ausrichten können.

Es knarrte wieder. Jessica lauschte stocksteif. Das Geräusch kam aus dem Nebenraum, vermutlich aus dem Schlafzimmer. Vielleicht waren es auch nur Mäuse oder ein Vogel, der sich in der Wohnung verirrt hatte. Ganz langsam und möglichst geräuschlos stand Jessica auf.

Schritt für Schritt schlich sie sich in die Diele. Da - es knarrte schon wieder. Das Geräusch kam definitiv aus dem Schlafzimmer. Jessica atmete schwer. Irgendetwas stimmte nicht. Ihr Herz klopfte und gleichzeitig versuchte sie, nicht zu schnaufen. Die Schlafzimmertür war zu. Ganz langsam und leise legte sie ihr rechtes Ohr an die dünne Holztür.

Jessica hörte Stimmen und schreckte zurück. Sollte sie jetzt flüchten und die Polizei holen oder hereingehen? Nein, sie wäre wahnsinnig, als behinderte Frau Einbrecher stellen zu wollen.

Langsam ging Jessica zurück und schlich zur Wohnungstür.

Plötzlich öffnete sich die Schlafzimmertür und die Person erstarrte dort genauso, wie Jessica es tat. Eine rund 25-jährige, schlanke Frau mit langen, lockigen, braunen Haaren, verwischtem Make-up im Gesicht und vollständig ohne Kleidung riss vor Schreck die Augen auf.

Jessica holte einmal tief Luft und hatte dann die Situation erfasst. Allerdings wusste sie nicht, ob sie nun erleichtert oder erschrocken sein sollte.

»Liebes, warum gehst du nicht in die Küche und holst dir ein Glas Wasser. Ich warte schon wieder sehnsüchtig auf dich«, hörte Jessica die säuselnde Stimme ihres Ehemannes Kevin im Hintergrund.

Sie betrachtete kurz die junge Frau mit Modelfigur, spürte ihre schmerzenden Handgelenke und, wie heiße Wut und abgrundtiefe Verachtung in ihr aufstiegen.

»Kevin, da steht eine Frau, die beide Arme verbunden hat«, stotterte die von Kevin als »Liebes« bezeichnete Frau.

»Was will die denn hier?«, knurrte Kevin aus dem Hintergrund, aber Jessica hörte bereits, wie er aus dem knarrenden Ehebett stieg. Das war das Bett, in dem sie und Kevin ihre leidenschaftliche Hochzeitsnacht verbracht hatten. Es war das Bett, in dem sie sich vielleicht mit dem tödlichen HIV-Virus angesteckt hatte. Es war das Bett, in dem sich diese Frau womöglich auch... Jessica mochte gar nicht weiterdenken.

Die Frau trat zur Seite und Kevin erschien in der offenen Tür.

»Ich dachte, du würdest arbeiten. Was machst du um diese Uhrzeit hier?«, fuhr Kevin sie anklagend an. Er registrierte Jessicas Behinderung gar nicht, obwohl sowohl der weiße Gips als auch der weiße Verband in dem dunklen Flur geradezu leuchteten.

»Das ist eine gute Frage von meinem Ehemann, zumal ich die Hauptkosten unserer gemeinsamen Wohnung von meinem Gehalt bezahle. Im Grunde wollte ich mich jedoch vergewissern, ob du sofort bereits aktiv daran arbeitest, die nächste Frau mit Aids anzustecken, nachdem deine letzte Geliebte diese tödliche Krankheit bereits hat.«

Jessica sah, wie die junge Frau ihre Augen panisch aufriss. »Liebes« drehte sich zu Kevin um und keifte ihn an: »Du hast Aids und sagst mir nichts davon?«

»Liebes, ich weiß noch nicht mal, ob ich HIV-positiv bin. Meine Ex-Freundin hat ein positives Testergebnis erhalten, nicht ich. Da ich kerngesund bin, kann ich auch an Aids nicht erkrankt sein. Aids ist nämlich...«, wollte Kevin seine Geliebte belehren, doch die fuhr dazwischen.

»Der Unterschied zwischen Aids und HIV-positiv interessiert mich jetzt herzlich wenig, du Mistkerl. Was du getan hast, war kriminell. Wie nennt man das juristisch: Körperverletzung oder zumindest versuchte Körperverletzung. Du hörst von meinem Anwalt.« Die Frau ging ins Schlafzimmer zurück, zog sich in Windeseile an, ergriff ihre Handtasche und ihre Jacke von der Dielengarderobe und rauschte mit erhobenem Kopf davon.

»Eigentlich hat ‚Liebes‘ Recht«, grinste Jessica sarkastisch. »Vielleicht sollte ich mir den Klagen deiner beiden ehemaligen Geliebten anschließen.«

»Wenn du das machst, wirst du dein blaues Wunder erleben«, zischte Kevin sie an.

»Reg dich ab. Du weißt erst seit gestern, dass du ebenfalls den HIV-Virus in dir tragen könntest. Meine Klage auf versuchte Körperverletzung wäre daher nicht haltbar. Aber du hörst trotzdem von meinem Anwalt, nämlich von einem Scheidungsanwalt.« Jessicas Stimme war ruhig und gefestigt.

»Ich verschwinde aber nicht aus dieser Wohnung.« Kevin schnaubte wie ein Pferd.

»Brauchst du auch nicht. Ich habe bereist vorübergehend eine andere Wohngelegenheit gefunden. Dort bleibe ich so lange, bis du merkst, dass du dir diese Wohnung mit deinen spärlichen Einnahmen aus der Fahrschule nicht leisten kannst.« Jessica drehte sich um. Da erblickte sie ihren Koffer. Er stand dort in der Diele und sie konnte ihn nicht alleine mit ihren schmerzenden Handgelenken die Treppen heruntertragen.

Sie drehte sich zu Kevin um. »Entweder trägst du meinen Koffer herunter, oder ich werde den Taxifahrer darum bitten müssen.«

Kevin funkelte Jessica an. »Mit Vergnügen werde ich dir den Koffer für die Haustür stellen. Denn dann weiß ich mit Sicherheit, dass ich dich nicht mehr länger ertragen muss.«

»Herzlichen Dank«, sagte Jessica mit einem ironischen Lächeln.

Nun stand Jessica schon wieder mit ihrem Koffer vor ihrem Haus. Am Vortage war es etwas später gewesen, aber im Grunde bot sich ihr dasselbe Bild wie einen Tag zuvor. Doch diesmal wusste Jessica genau, wohin sie gehen würde, und behielt die Nerven. Mühevoll zog sie Adrians Visitenkarte aus ihrem Portmonee und dann noch ihr Handy aus ihrer tiefen Damenhandtasche. Zitternd vor Kälte, Zorn auf Kevin und Aufregung, Adrian wieder zu hören, wählte sie die angegebene Handynummer.

Jessica wurde bei jedem Schellen immer nervöser, aus Angst, Adrian könnte nicht erreichbar sein. Doch dann meldete er sich in ihr bereits so vertrauter, dunkler Stimme: »Jantsch?«

Jessica schluckte. »Hier ist Jessica, ich muss...«

Doch sofort veränderte sich Adrian förmlicher Tonfall und die dunkle Stimme wurde weich: »Jessica, ist alles in Ordnung?«

»Ja, oder eher: nein. Auf jeden Fall muss ich tatsächlich jetzt schon auf dein Angebot zurückkommen, vorübergehend in deine freie, möblierte Studentenwohnung zu ziehen. Ich zahle natürlich auch Miete.«

»Auf gar keinen Fall wirst du etwas bezahlen. Die Wohnung steht sowieso einfach nur frei. Wann soll ich dich abholen?«

»Wann es dir Recht wäre, kannst du mich jetzt abholen.« Jessica schluckte. Was für ein Durcheinander war in ihrem Leben seit dem gestrigen Tag entstanden.

»Ich hole dich selbstverständlich sofort ab. Wo bist du denn?« Adrians Stimme klang nun mehr besorgt als erfreut.

»Vor meinem Haus«, antworte Jessica leise.

»Ich bin in ungefähr zehn Minuten da. Lauf bloß nicht weg«, scherzte Adrian und legte auf.

So, nun durfte Adrian sie wieder umsorgen. Jessica redete sich ein, den Einzug in Adrian Studentenwohnung ausschließlich als gutes Werk betrachten zu können und versuchte gleichzeitig verstohlen, ihre bereits wieder auflodernden Gefühle für ihn wegzudrücken.

Mit einer gefühlsmäßig überhöhten Geschwindigkeit raste Adrian in seinem silbernen VW-Passat zu Jessica und hielt halb auf dem Bordstein direkt vor ihr an der belebten Straße. Das Hupen der hinter ihm bremsenden Autos, die nun vorsichtig und vor allem langsam um die noch auf der Straße stehende Hälfte seines Wagens herumfahren mussten, interessierte ihn offensichtlich überhaupt nicht.

Als der Verkehr durch die rote Ampel zum Stehen gekommen war, sprang Adrian sportlich aus dem Wagen und kam mit großen Schritten auf Jessica zu.

»Den Koffer habe ich doch erst heute Morgen nach oben vor deine Wohnungstür getragen«, grinste er und hob ihn schnell hoch, um ihn erneut in seinem Kofferraum zu verstauen. Dann hielt er Jessica die Beifahrertür auf. Sie stieg wie selbstverständlich ein und Adrian schnallte sie fest. Dabei kam sein Gesicht dem ihren wieder sehr nahe und sie konnte seinen Atem auf ihren Wangen spüren. Ohne groß nachzudenken, hauchte sie einen Kuss auf seine Wange, wobei ihr Herz stark zu schlagen begann.

»Ist das jetzt ein Dankeschön?«, fragte Adrian mit seiner dunklen, weichen Stimme nach.

»Ja, allerdings«, lächelte Jessica.

Adrian zwinkerte ihr zu und schlug dann die Beifahrertür zu.

Es war mal wieder Berufsverkehrszeit und sie kamen nur langsam an den vielen Ampeln der Innenstadt vorbei. So benötigten sie eine Dreiviertelstunde, um an dem Haus von Adrian in einem nahegelegenen Vorort anzukommen. Das Haus war eine Villa mit hohen Fenstern, einem Vorgarten voll hoher Bäume und Büsche und mit Efeu an der Hauswand. Jessica dachte spontan daran, dass in diesem Efeu unzählige Spinnen ihre Netze gespannt haben müssten. Sie schüttelte sich und war erleichtert, dass die Efeuranken noch nicht das Dachgeschoss erreicht hatten. Dort sollte sie vorläufige ihre Bleibe befinden: die Studentenwohnung.

Mit sportlicher Geschmeidigkeit hob Adrian den ihm schon vertrauten Koffer von Jessica aus dem Kofferraum. Dann öffnete er wieder ihre Fahrertür und schnallte Jessica hurtig ab.

»So, Jessica. Nun zeige ich dir dein neues Heim. In dieser Villa wohnen mit dir fünf Mietparteien. Es sind alles kleine Wohnungen und daher leben hier auch nur Einzelperson und keine Familien oder Pärchen. Aber es sind allesamt sehr nette und rücksichtsvolle Mitbewohner. Mich findest du im Parterre rechts, wenn du zur Haustür hereinkommst. Den Koffer trage ich dir selbstverständlich hoch in den zweiten Stock, in dem sich deine ‚Studentenwohnung' befindet. Den Flur brauchst du nicht zu putzen, das erledigt meine Putzfrau mit, die jeden Dienstag kommt. Für den Garten und den Winterdienst habe ich eine Firma beauftragt. Du brauchst also nur einzuziehen und es dir gut gehen zu lassen. Oben zeig ich dir noch alles, was du brauchst.« Adrian schien es gewohnt zu sein, zu bestimmen und wartete gar nicht Jessicas Antwort ab. Plötzlich dachte sie einen Moment daran, wie es wäre, in seinen Armen zu liegen und er wäre ebenso bestimmend und fordernd. Dann schüttelte Jessica sich jedoch wieder.

»Ist alles in Ordnung, Jessica?«, fragte Adrian und legte seinen Arm um ihre Schulter.

»Mir geht es gut. Vielen Dank für deine Hilfe, Adrian. Ich bin dir auch sehr dankbar, dass du mich nicht fragst, warum ich plötzlich eine Unterkunft benötige«, sagte Jessica.

»Wenn der Zeitpunkt da ist, dass du es mir sagen willst, wirst du es sicher tun. Ansonsten will ich dich nicht bedrängen - was passiert ist, ist deine Privatsache«, erklärte Adrian und schnappte sich schon Jessicas Koffer.

Jessica durchzog eine Traurigkeit. Er schien sich nicht für ihr Privatleben und somit für sie zu interessieren. Aber was erwartete sie? Letztlich war ihr klar gewesen, dass er zu Jessica so fürsorglich war, um seine Schuld an Hanna ein wenig zu begleichen. Adrian hatte es ihr mehr als einmal deutlich gesagt. Sie musste wahnsinnig sein, sich immer noch mehr von ihm und seiner Unterstützung zu erhoffen und zu erträumen.

Jessica war von dem geschmackvoll und sauberen Studentenzimmer sehr überrascht. Es war mit hellen Möbeln, Tapeten und Teppichen ausgestattet, die das Zimmer trotz der relativ kleinen Fenster erhellten und geräumiger darstellten. Die Toilette war nicht größer als eine normale Gästetoilette mit einem kleinen Waschbecken und einem Spiegelschrank. Die kostbaren grau-weißen Fliesen sowie die messingfarbene, helle Lampe verlieh diesem Raum jedoch auch eine gewisse Behaglichkeit. Jessica wusste, dass sie sich hier sehr wohl fühlen würde.

Nachdem Adrian ihr die Schlüssel auf den Tisch gelegt und die Küchengeräte gezeigt hatte, verabschiedete er sich: »Wenn du etwas brauchst, weißt du ja, wo du mich findest. Ich bin Tag und Nacht für meine Mieter ansprechbar. Ich wünsche dir einen schönen ersten Abend und eine gute Nacht.« Dann ging er und zog die Tür hinter sich zu.

Jessica hatte noch auf eine Umarmung von ihm gehofft, aber offensichtlich waren die beiden Umarmungen am vorherigen Tag nur eine Mitleidsgeste von Adrian gewesen.

Jessica fühlte sich sehr wohl in ihrem vorübergehend neuen Heim. In dieser kleinen Studentenwohnung brauchte sie kaum Hausarbeit zu erledigen, sodass sie sich körperlich und auch seelisch gut erholte. Nach einer Woche hatte sie sich entschieden, die Scheidung einzureichen. Kevin hatte sich in dieser Zeit nicht ein Mal bei ihr gemeldet und sie wusste im Grunde auch nicht, worüber sie noch mit ihm hätte reden wollen. Sein Verhalten war respektlos, lieblos und verletzend gewesen und hatte jegliches Restgefühl für ihn erstickt.

So hatte Jessica über ihr Handy mit Internetzugang eine Scheidungsanwältin in ihrer Nähe herausgesucht, um diesen bitteren Teil ihres Lebens endgültig zu beenden. Die Scheidungsanwältin Frau Neumann schien nicht nur kompetent zu sein, sondern war auch sehr einfühlsam. Jessica hatte das Bedürfnis, das Geschehene bei ihr los werden zu können und Frau Neumann hörte geduldig und ohne Zeitdruck zu. Selbst die Sorge vor einer HIV-Infektion konnte Jessica ihr mitteilen. Ihre Scheidungsanwältin beruhigte sie, sprach mit ihr und riet ihr, eine Ehe, die einfach nicht funktionierte, loszulassen.

»Vielleicht wartet an der nächsten Ecke schon der ideale Mann auf Sie. Haken Sie einen Mann ab, der Ihnen nur Kummer bringt. Ich weiß, wovon ich rede. Es schmerzt natürlich, zu erkennen, dass es sich nicht mehr lohnt, zu kämpfen. Doch oft ist es der einzig richtige Weg, das Glück zu finden.«

Die Worte von Frau Neumann erinnerten Jessica sofort an Adrian. Sie ahnte, nein, sie wusste, dass Adrian der richtige Mann für sie wäre - wenn, er Jessica nicht nur als Mittel zur Gewissensentlastung sehen würde. Die ganze vergangene Woche hatte sie sich nicht bei ihm gemeldet und auch er hatte nicht versucht, Kontakt zu ihr herzustellen. Vermutlich hatte es ihm schon geholfen, dass sie nun mietfrei in seiner Wohnung lebte, um sich besser zu fühlen und sein Gewissen zu entlasten.

Frau Neumann lachte auf, als Jessica ihr ehrlich von Adrian erzählt hatte. »Da kämpfen in Ihnen noch sehr widersprüchliche Gefühle, was ich an ihrer Mimik erkennen kann. Jetzt bringen wir erst einmal Ihren Scheidungsantrag auf den Weg. Dann warten wir das Ergebnis des Aidstestes ab. Danach können Sie eine neue Richtung einschlagen - sie wird garantiert besser als das, was sie jetzt haben.«

Jessica nickte. Frau Neumanns positive Lebenseinstellung gab auch ihr Kraft, an eine gute Zukunft zu glauben.

Nach knapp zwei Wochen klopfte Adrian jedoch eines Vormittags unerwarteterweise an Jessicas Wohnungstür.

»Guten Morgen, Jessica. Entschuldige, wenn ich störe, aber ich fahre zum Großeinkauf. Soll ich dir irgendetwas mitbringen, was schwer zu tragen ist, wie Getränke?«

»Das ist lieb von dir, Adrian. Allerdings lasse ich mir einmal in der Woche meinen Einkauf mit Getränken und Lebensmittel vom örtlichen Lebensmittelladen zwei Straßen weiter vorbeibringen.« Jessica war froh, diese selbstständige Lösung gefunden zu haben, die kurzfristig finanzierbar war.

»Ach so, gut. Ich sehe dich kaum und wollte auch nur nochmal nachfragen, ob es dir gut geht.« Adrians Augen strahlten Sorge aus.

»Es ist mir selten so gut gegangen wie jetzt in deiner Wohnung. Allerdings haben wir noch immer Schneewetter und ich möchte keinen weiteren Sturz riskieren. Daher bleibe ich so oft es geht zu Hause.«

»Ich wusste, dass du ein braves Mädchen bist!«, lachte Adrian.

»Möchtest du hereinkommen und einen Kaffee mit mir trinken?«, bot ihm Jessica an, die sich über seinen Besuch sehr freute.

»Danke, vielleicht das nächste Mal. Ich muss heute Morgen wirklich einkaufen gehen. Mein Kühlschrank ist genauso leer wie mein Magen. Heute Nachmittag bekomme ich Gäste und will als guter Gastgeber doch etwas anbieten können.« Adrian schaute Jessica herausfordernd an.

»Gibt es einen Anlass zum Feiern?«, fragte Jessica daher lächelnd.

»Eigentlich wäre es eher ein Anlass zum Trauern, aber leider sehen das meine Freunde anders. Ich habe Geburtstag und werde wieder ein Jahr älter.«

»Herzlichen Glückwunsch, Adrian!« Jessica wollte ihm die rechte Hand reichen, zog sie dann aber schnell zurück, da das verstauchte Handgelenk noch immer schmerzte. Adrian hatte ihr auch bereits die Hand entgegengestreckt, die er nun überrascht und unentschlossen in der Luft hielt. Um die peinliche Situation zu retten, lehnte sich Jessica stattdessen an seine Brust an, denn umarmen konnte sie ihn noch immer nicht.

Überraschenderweise legte Adrian auch seine Arme um sie und drückte sie fest an sich. Jessica schwanden fast die Sinne.

Sie hörte im Hintergrund, wie Adrian wohl mit dem Fuß die Tür hinter sich geschlossen hatte. Er lehnte seinen Kopf an ihre Stirn. Jessica spürte seinen Atem auf ihren Haaren. Seine Körperwärme breitete sich aus und ließ ihr Herz stärker schlagen.

»Jessica, ich brauche dich - jetzt!«, hauchte Adrian ihr mit seiner dunklen und rauen Stimme ins Ohr.

Jessica sagte nichts, sondern drückte sich nur noch fester an ihn.

Sie spürte, wie seine Hände ihren Pullover hochzogen - wie sie ihren Rücken hochwanderten und dort an den Stellen ein heißes Verlangen zurückließen, an der sie zuvor waren. Jessica konnte sich nicht wehren. Jede Faser ihres Körpers wollte Adrian nahe sein. Sie bedauerte nur, dass sie selbst noch immer nicht in der Lage war, ihn zu streicheln und zu drücken. Die eine Hand war noch vergipst und das verstauchte Handgelenk der anderen Hand schmerzte noch immer sehr stark bei jeder ruckhaften Bewegung.

Adrian schien zu bemerken, wie sie ihre Hände hob und wieder langsam herunterfallen ließ. Er hauchte ihr ins Ohr: »Jessica, du kannst dich nicht wehren. Heute werde ich dich verwöhnen. Du warst lang genug in deiner Wohnung alleine, ohne, dass ich mich um dich gekümmert habe.«

Das Gefühl, dass sie Adrian ausgeliefert war und er die Führung übernehmen wollte, machte sie noch nervöser. Allerdings schreckte Jessica zurück, als sie aus seinen Sätzen herauslas, dass er sich wieder »nur« um sie kümmern wollte. Vermutlich verwechselte er selbst langsam den Wunsch, ihr zu helfen und seine Schuld zu begleichen mit echter Zuneigung.

»Was ist, Jessica? Habe ich dir wehgetan? Bin ich zu stürmisch?«, fragte Adrian mit einem leicht spöttelnden Unterton, als sie sich plötzlich von ihm löste.

Jessica schluckte. Sie wollte ihn so sehr. Sie schüttelte den Kopf.

»Dann ist ja gut!« Adrians Hände öffneten unter ihrem Pullover gerade ihren Büstenhalter. Seine geschickten Hände tasteten sich an den Seiten nach vorne vor und umfassten ihre Brüste mit einer solchen Leidenschaft, dass Jessica aufstöhnte.

»Ich bin ein Mann, der es gewohnt ist, zu bekommen, was er sich wünscht!«, ertönte Adrian raue, dunkle Stimme, bevor er ihren Jeansknopf öffnete. Jessica spürte seinen warmen Handrücken an ihrem Bauch und ein prickelnder Stromschlag durchzog sie. Mit einem Ruck zog Adrian ihre Jeans herunter. Die Leidenschaft durchzog Jessica genauso schmerzhaft wie der Gedankenblitz, dass sie das auf keinen Fall durfte. Sie könnte HIV-positiv sein. Jessica hatte keine Kondome da und selbst wenn, hätte sie es nicht riskiert, Adrian doch anzustecken, wenn irgendetwas schief gegangen wäre. Sie konnte das Adrian nicht antun.

Jessica schüttelte den Kopf und sagte: »Nein, ich kann das nicht.« Adrian ging einen Schritt zurück. »Du kannst das nicht? Warum nicht?«

Jessica holte tief Luft. »Bitte, Adrian, das ist eine Privatangelegenheit. Glaube mir, es ist besser für uns, wenn wir nur Freunde bleiben.«

Für Adrian war diese Zurückweisung ein Schock. Er liebte und begehrte Jessica, seit er sie zum ersten Mal gesehen hatte - seit dem Unfall. Adrian hatte in Erwägung gezogen, dass er sich nur verantwortlich für sie fühlte, da sie durch die Berührung mit seinem Wagen ausgerutscht war. In den letzten zwei Wochen hatte er jedoch deutlich gemerkt, dass seine Gefühle für sie tiefer waren. Nach der Trennung mit seiner ehemaligen Verlobten Hanna hätte er nie mehr gedacht, sich auf eine Frau einlassen zu können und zu wollen. Adrian hatte jedoch bemerkt, dass er sich jetzt schon fragte, wie ihre gemeinsame Wohnung wohl ausgestattet sein würde. Die Zurückweisung hatte nun seine Hoffnung endgültig zerstört. Vermutlich wollte Jessica zu ihrem Ehemann zurückkehren oder hing zumindest noch an ihm. Da durfte und wollte Adrian auch nicht im Weg stehen. Wenn Jessica ihr Glück in ihrem Ehemann sah, musste Adrian dies unterstützen, so sehr es ihn auch schmerzte. Er wollte nicht mehr an sich und seine Wünsche denken, sondern an die der Person, die er aus ganzem Herzen liebte.

»Jessica, natürlich respektiere ich deinen Wunsch, dass sich unsere Beziehung auf eine Freundschaft beschränkt. Ich hatte gedacht, dass du... nun ja, einsam wärst und ich wollte dir einen Gefallen tun«, stotterte Adrian herum, da er versuchte, seine Enttäuschung und seinen Schmerz möglichst gut zu verstecken.

»Einen Gefallen? Wolltest du mir den Gefallen tun, mit mir ins Bett zu gehen?« Nun war Jessica erschüttert. »Es tut mir leid, Adrian, wenn ich dich enttäuschen muss. Ich schätze deine Hilfe und bin auch dankbar, dass ich hier in diesem gemütlichen Studentenzimmer unentgeltlich wohnen darf. Aber mehr brauche und will ich nicht von dir.«

Adrian nickte, während Jessica mühsam ihre Jeans wieder hochzog.

»Soll ich dir noch helfen, dich wieder anzuziehen? Schließlich, war ich daran schuld, dass du es nicht mehr bist«, bot Adrian an.

Jessica musste nun doch lachen. »Du bist unverbesserlich, Adrian, aber auch ein süßer Mann. Nein, danke! Ich ziehe mich jeden Morgen selbst an und werde es jetzt sicher auch schaffen. Ich denke, dass du die Schuld von damals so langsam an mir abgearbeitet hast.«

Adrian wollte noch einwenden, dass das eine doch nichts mit dem anderen zu tun hätte, ließ es dann aber. Jessica hatte ihn zurückgewiesen und er brauchte dieses Thema nicht weiter zu vertiefen, damit es nicht noch peinlicher würde.

»Dann gehe ich mal einkaufen. Wenn du möchtest, bist du auch herzlichst zu meinem Geburtstagskaffee nachher eingeladen. Es beginnt um 16:00 Uhr.« Adrian lächelte verkrampft.

»Lieben Dank, Adrian. Aber ich kann doch sowieso kaum eine Tasse halten oder die Tortengabel führen. Ich bleibe lieber hier und ruhe mich aus. Dir wünsche ich aber noch eine schöne Geburtstagsfeier!«

»Danke, Jessica! Bis dann mal. Man sieht sich.« Adrian dunkle Stimme war belegt.

Jessica nickte nur und Adrian verschwand aus Jessicas Wohnung.

Leider konnte Jessica nicht verhindern, dass Tränen ihre Wangen herunterliefen, als Adrian gegangen war. Sie liebte ihn sehr, aber es hatte keinen Sinn. Zu viele Gründe sprachen gegen ihre Liebe.

Die nächsten Wochen zogen sich für Jessica immer schleppender dahin. Erst nach sechs

Wochen würde ihr Gips zum erneuten Röntgen abgenommen und ein neuer wieder angelegt. Das rechte, verstauchte Handgelenk schmerzte nach vier Wochen noch immer, auch wenn sie langsam eine Besserung verspürte. Ihre Scheidungsanwältin Frau Neumann war zwar sehr engagiert, aber auch sie konnte die Scheidung nicht vorantreiben. Die Anwältin hatte von einer Mindestdauer von sechs bis neun Monaten gesprochen, wenn ihr Nochehemann Kevin bestätigen würde, dass sie schon ein Jahr getrennt von Tisch und Bett leben würden.

Jessica war sich nicht sicher, ob Kevin ihr nicht noch mehr Schwierigkeiten machen wollte. Sie hatte ihn verlassen und er konnte mit seinen geringen Einnahmen die Wohnung nicht zahlen. Vermutlich würde Kevin wollen, dass Jessica zurückkommt, arbeiten geht, den Lebensunterhalt bezahlt und er seine Untreue weiter zelebrieren kann.

Genau das wollte Kevin ursprünglich auch. Allerdings erhielt er eine Nachricht von seiner neuen Geliebten, Lucia, die für ihn einiges änderte. »Lieber Kevin, ich muss dir leider mitteilen, dass meine Eltern dich unbedingt zu sprechen wünschen. Da ich erst 18 Jahre alt bin und noch kein eigenes Geld habe, um mich selbstständig zu machen, solltest du die Einladung annehmen. Mein Vater ist Chefarzt bei dem örtlichen Krankenhaus. Also behandle ihn mit dem entsprechenden Respekt und ziehe dir einen Anzug mit Krawatte an. Er erwartet dich heute Abend um 20:00 Uhr. Es ist wirklich wichtig.«

Wütend warf Kevin den Brief zur Seite. Was sollte das? Die Eltern von Lucia zitierten ihn zu sich? Lucia war süß, willig und unterwürfig und Kevin hatte sogar eine längere Beziehung mit ihr im Sinn. Allerdings hatte er keineswegs ihre Familie kennen lernen oder sich womöglich mit Verpflichtungen belasten wollen. Einen Moment überlegte Kevin, ob er die Beziehung mit Lucia nicht lieber sofort beenden sollte. Als er jedoch nochmal auf den Zettel schaute, der nun auf dem Boden lag, las er nochmal den letzten Satz. »Es ist wirklich wichtig.« Kevin stöhnte auf. Na gut, dann würde er heute Abend dorthin gehen. Er hatte gerade an diesem Abend keinen Unterricht und auch keine Fahrschüler. Kevin würde sich anhören, was es denn so Wichtiges gäbe, und schnellstmöglich die Beziehung mit Lucia beenden. Es sei denn - der Vater bot ihm finanzielle Unterstützung an. Kevins Gesicht hellte sich ein wenig auf. Ein Chefarzt musste doch im Geld schwimmen. Vielleicht wollte er dafür sorgen, dass der Freund seiner Tochter auch nach außen hin erfolgreich aussah, die Fahrschule gut lief und ausreichend Einnahmen brachte. Das wäre natürlich eine ganz neue Perspektive. Kevins Mundwinkel verzogen sich zu einem hämischen Grinsen. Dann würde er heute Abend tatsächlich mal sehr nett zu Lucias reichen Eltern sein.

Je näher der Abend kam, umso sicherer wurde sich Kevin, dass es sich um ein finanzielles Angebot von Lucias wohlhabendem Vater handeln musste, weswegen er herbestellt worden war. Was sollte sonst der Grund für diese Einladung sein?

Mit einem edlen Blumenstrauß für Lucias Mutter und einem starken Händedruck beim Vater stellte sich Kevin selbstsicher als der Freund von Lucia vor. Als er jedoch seine Freundin mit einer kurzen Umarmung begrüßen wollte, wich diese zurück.

Einen Moment wunderte sich Kevin über die harsche Zurückweisung seiner sonst so kuschelbedürftigen Freundin. Dann erinnerte er sich jedoch daran, dass Lucia schon häufiger erzählt hatte, dass ihr Vater sehr bestimmend in der Familie wäre.

Kevin lächelte kurz auf. Vermutlich wollte sie dem Vater nicht vorgreifen und abwarten, bis alle Einzelheiten geklärt waren, bis sie offiziell zu ihrer Freundschaft zu Kevin stehen konnte.

Der Vater von Lucia führte Kevin wortlos ins große Wohnzimmer. Kevin freute sich, dass er über ein solch solides Selbstbewusstsein verfügte und er ebenso wusste, dass Lucia ihm und seinen Künsten im Bett geradezu verfallen war. Ansonsten hätte ihn die dunkle, mächtige Einrichtung dieses Wohnzimmers nahezu erdrückt. Schwere Schränke aus dunkler Eiche, eine dazu passende dunkle Sofagarnitur mit einem altertümlichen, grünlichen Landhauspolsterbezug und schwere, in Dunkelholz gerahmte Ölgemälde veränderten den großen Raum mit den riesigen Fenstern in eine Jagdhütte. Zu allem Überfluss hing noch ein imposantes Geweih von einem Hirsch direkt über dem Dreier-Sitzer-Sofa. Kevin beschlich das Gefühl, dass dieses Zimmer tatsächlich zur Warnung für unliebsame Gäste oder zumindest zur Einschüchterung in dieser Form gestaltet worden war.

Der Chefarzt wies Kevin an, direkt unter diesem bedrohlichen Geweih Platz zu nehmen und Kevin folgte dieser Anweisung sofort. Als auch Lucia und ihre Mutter sich auf den Zweisitzer und einem Sessel niedergelassen hatten, begann Lucias Vater das Gespräch. »Ich danke Ihnen, Herr Maarin, dass Sie meiner kurzfristigen Einladung nachgekommen sind. Wie meine Tochter Ihnen geschrieben hat, handelt es sich um eine ernste Angelegenheit.«

Kevin nickte leicht, aber Lucias Vater beachtete das kaum. »Wenn ich meine Tochter richtig verstanden habe, sind Sie verheiratet und gleichzeitig mit meiner Tochter - nun sagen wir mal - liiert. Ist das soweit richtig?«

Kevin nickte erneut. Er holte tief Luft und wollte gerade erzählen, dass seine Ehefrau Jessica die Scheidung eingereicht hätte, auch wenn er dieser bis heute noch nicht zugestimmt hatte, da unterbrach ihn Lucias Vater bereits mit einer Handbewegung. »So sehen im Moment die unerfreulichen Fakten aus. Was ich davon halte, dass Sie als verheirateter Mann meine Tochter als junge Liebschaft benutzen, steht hier leider nicht zur Debatte. Allerdings gehe ich zu Ihren Gunsten davon aus, dass Sie meiner Tochter weder weh tun, noch sie entehren wollen.«

Kevin nickte erneut, wenn auch nicht mehr so selbstsicher wie zuvor. Wann kam Lucias

Vater endlich zu seinem finanziellen Unterstützungsangebot?

»Ich habe auch nichts anderes erwartet. Wie ich hörte, besitzen Sie eine Fahrschule?«

Kevin nickte energischer.

»Wie viel Gewinn bringt sie monatlich ein?«, fragte Lucias Vater nun sehr direkt.

»Das ist ein Betriebsgeheimnis. Allerdings kann ich die Raummiete und die Kosten von den Einnahmen sehr gut decken«, wich Kevin der Frage in der Hoffnung aus, der Vater würde endlich zum erhofften finanziellen Teil seines Gespräches kommen.

»Können Sie mit den Einnahmen auch eine Familie ernähren und die Miete für eine Wohnung im Nobelviertel in Grünwald bezahlen, Herr Maarin?«, fragte Lucias Vater nun direkt nach.

»Nun ja, für eine kleine Wohnung im Vorort würde es schon reichen.« Auf Kevins Gesicht erschien ein Grinsen. Nun würde Lucias Vater ihn bestimmt darüber aufklären, dass dies nicht genug für seine geliebte und verwöhnte Tochter sei und er ihn daher finanziell unterstützen würde.

»Mein lieber Herr Maarin, das genügt jetzt leider nicht mehr.« Herr Dr. Holtzer, Lucias Vater, schaute Kevin mit solch einer durchdringenden Art an, dass Kevin nun doch nervös wurde.

»Jetzt nicht mehr - was meinen Sie damit?«

»Nun ja, meine Tochter ist schwanger.«

»Das geht nicht. Sie kann nicht von mir schwanger sein«, rief Kevin jetzt viel zu laut.

»Sie wollen damit zum Ausdruck bringen, dass meine Tochter ein leichtes Mädchen ist, das sich mit verschiedenen Männern einlässt?« Herr Dr. Holtzers Stimme zischte, während Lucia anfing zu weinen.

»Nein, wie sollte ich das behaupten wollen, da ich mit Lucia erst seit wenigen Wochen zusammen bin«, wich Kevin aus.

Herr Dr. Holtzer drehte sich nun zu Lucia um. »Ihr seid erst seit ein paar Wochen zusammen? Du sagtest, du wärst im dritten Monat schwanger.«

Lucia schluchzte auf. »Ja, das stimmt alles. Als ich mich bei Kevins Fahrschule vor ungefähr vier Monaten anmeldete, habe ich mich sofort in ihn verliebt. Kevin war so freundlich zu mir und gab mir das Gefühl, eine attraktive Frau zu sein. Dann kam es nach zwei Wochen zu...« Lucia stoppte. »...zum näheren Kontakt. Weiß du das nicht mehr, Kevin?« Lucias schluchzende Stimme klang enttäuscht.

Kevin schwante da etwas. Er hatte einmal einen Abend auf dem Sofa im Hinterzimmer der Fahrschule einen heißen Abend mit einem jungen Mädchen verbracht, das ihm vollkommen ergeben war. War das etwa Lucia gewesen?

»Doch, ich glaube, ich erinnere mich«, antwortete Kevin zögernd.

Nun mischte sich Herr Dr. Holtzer wieder ein: »Lucia, ich habe dir gleich gesagt, dass du sicher nicht seine einzige Geliebte warst, die er neben seiner Frau hatte. Aber damit ist jetzt Schluss!«

»Was?«, fragte Kevin entrüstet. »Sie können mir gar nichts vorschreiben.«

»Da wäre ich mir an Ihrer Stelle nicht so sicher. Ich habe hier in Grünwald und Umgebung sehr viel Einfluss und denke, dass sie hier nichts mehr werden können und vermutlich bei ihrer Arbeitsmoral auch woanders nicht, wenn ich diesen Einfluss geltend mache.«

Kevin rutschte in sich zusammen und schluckte. Nun würde das finanzielle Angebot kommen, was allerdings völlig anders ausfiele, als Kevin ursprünglich gehofft hatte.

»Herr Maarin, sie werden schnellstmöglich die Scheidung mit ihrer Nochehefrau durchziehen. Sollte es damit Probleme geben, besprechen Sie das zuerst mit mir. Danach heiraten Sie meine Tochter Lucia. Weiterhin werde ich der Geschäftsführer Ihrer Fahrschule und kann die Finanzen dort überwachen.«

Nun schüttelte Kevin den Kopf. »Das ist meine Fahrschule! Ich bin der Inhaber und Geschäftsführer!«

»Das dürften Sie nach außen hin auch gerne bleiben. Ich dagegen werde dafür sorgen, dass diese Fahrschule auch genügend Einnahmen abwirft, damit meine Tochter und mein Enkel in meiner Nähe im Nobelviertel von Grünwald angemessen leben können. Das bedeutet auch, dass Sie vermutlich mehr arbeiten müssen, um die finanziellen Mittel aufzubringen, was man jedoch von einem frischgebackenen Vater erwarten dürfte. Allerdings bin ich auch gerne bereit, in der Übergangszeit finanziell auszuhelfen.«

Kevin schaute Lucias Vater entgeistert an. Unter diesen Bedingungen würde er auf die finanzielle Unterstützung in der Übergangszeit gerne verzichten.

»Alternativ könnte ich auch einen anderen gut bezahlten Job für Sie suchen, der jedoch immer mit viel Arbeit für Sie verbunden sein wird. Sollten Sie sich gegen meine gut gemeinten Ratschläge wehren, kann ich Ihnen nur raten, möglichst weit von hier weg zu ziehen und dort eine neue Existenz aufzubauen. Das gilt auch für den Fall, dass sie jemals meine Tochter betrügen sollten.« Die Augen von Herrn Dr. Holtzer funkelten drohend.

Kevin überlegte einen Moment, Widerspruch einzulegen, gab dann aber innerlich nach. Es hatte keinen Sinn, sich dagegen zu wehren. Kevin war kein Kämpfertyp und er wollte auch nicht wegziehen. Das alles war ihm zu viel Arbeit. Vielleicht hatte er sich sogar bei seiner letzten Freundin Sarah mit dem HIV-Virus angesteckt und würde irgendwann an AIDS erkranken. Dann wäre es sicherlich von großem Vorteil einen wohlhabenden, einflussreichen Chefarzt zum Schwiegervater zu haben. Kevin gab nach. Er nickte ergeben.

Lucia strahlte jetzt.

»Ja, Kevin, ich werde dich dann unmittelbar nach deiner Scheidung als Verlobten meiner Tochter vorstellen.«

Kevin nickte wenig erfreut. Lucia strahlte noch mehr.

So war Kevin gezwungen, dem Scheidungsantrag von Jessica zuzustimmen und ebenfalls zu bestätigen, dass sie bereits über ein Jahr getrennt von Tisch und Bett lebten. Mit dem Einfluss seines zukünftigen Schwiegervaters war auch eine Verkürzung der Scheidungsformalitäten zu erreichen.

Die Scheidungsanwältin Frau Neumann hatte endlich die Antwort von Jessicas Nochehemann Kevin nach über vier Wochen Wartezeit erhalten und er stimmte zudem allen Punkten des Scheidungsantrages tatsächlich zu. Frau Neumann freute sich sehr, dass diese Scheidung anscheinend sehr reibungslos und schnell vollzogen werden können würden. Sie erstellte ein Schreiben an Jessica und legte die entsprechenden Kopien dahinter. In der Mittagspause wollte sie Jessica diese erfreulichen Unterlagen in den Briefkasten werfen. Jessicas Wohnhaus war nicht weit von ihrem entfernt.
Leider musste Frau Neumann feststellen, dass dieses Haus nur Innenbriefkästen besaß. Sie wollte jedoch keineswegs den dicken Brief wieder mit ins Büro und später zur Post tragen. Daher musste sie bei Jessica anläuten, um ins Haus zu gelangen. Jessica war jedoch nicht zu

Hause und Frau Neumann läutete dann einfach kurz entschlossen an einer Klingel im Erdgeschoss, ohne näher auf den darauf angegebenen Namen zu achten. Das Summen an der Haustür ließ Frau Neumann aufatmen. Sie drückte gegen die sich nun öffnenden Haustür der alten Villa und fiel fast einem Mann in die Arme, dessen Anblick sie erstarren ließ.

»Was machst du denn hier?«, fragte Frau Neumann, nachdem sie einmal tief Luft eingeatmet hat.

»Ich wohne hier und du hast bei mir angeläutet«, ertönte die dunkle, leicht sarkastische Stimme, die sie so viele Nächte verfolgt hatte.

»Ich wollte Jessica Maarin nur einen wichtigen Umschlag in den Briefkasten werfen«, verteidigte sich Frau Neumann.

»Du bist Briefträgerin geworden? Wenn ich mich nicht völlig täusche, warst du doch gelernte Notariatsgehilfin!« Auch Adrian konnte seine Gedanken kaum ordnen. Dort stand die Frau, die auch ihn durch zahlreiche Träume begleitet hatte.

»Briefträgerin? Nein, ich habe inzwischen studiert und bin Rechtsanwältin.« Nun musste Frau Neumann lachen. »Ist es nicht verrückt, dass wir uns gerade jetzt hier treffen?«, versuchte sie die Stimmung aufzulockern.

»Verrückt ist, dass du offensichtlich laufen kannst.« Adrian schaute sie von oben bis unten an. »Wie...?« Doch dann kam er wieder zu sich. »Verzeih mir, Hanna. Hast du Lust, zu mir in die Wohnung zu kommen? Ich habe heute einen Tag frei und mir gerade eine Pizza warmgemacht. Tunfischpizza magst du doch auch. Entweder schmeiße ich noch eine Weitere in den Ofen oder wir teilen uns die eine, die gleich fertig ist.«

»Ja, ich komme gerne kurz herein. Ich habe Mittagspause. Ein Stückchen Pizza reicht mir schon und vielleicht ein Espresso - wenn du einen da hast.«

Adrian nickte. »Einen? Ich habe eine riesige Espressomaschine.«

Adrian ging hinter Hanna in die Wohnung und glaubte fast, es handelte sich um einen wunderschönen Traum, den er erleben durfte. Er bemerkte daher nicht, dass gerade Jessica zur Haustür hereinkam und beobachtete, wie Adrian glücklich lächelnd hinter der attraktiven Hanna in seine Wohnung ging. Sie hatte Hanna sofort als ihre Scheidungsanwältin erkannt. Allerdings war

Jessica nicht bewusst, dass es sich um Adrians ehemalige Verlobte Hanna handelte.

Es versetzte Jessica einen Stich ins Herz, so deutlich zu sehen, wie zufrieden er über seine weibliche Besucherin war.

Während Adrian Hanna bat, schon einmal im Wohnzimmer Platz zu nehmen, stellte er fest, dass die Pizza schon aufgebacken war. Schnell stellte er die Espressomaschine an, teilte die Tunfischpizza in zwei Teile und brachte Hanna einen Teller. Nachdem er noch zwei Tassen Espressos auf den Wohnzimmertisch gestellt hatte, setzte er sich auch.

»Hanna, ich bin so froh, dass du wieder gesund bist. Das bist du doch?«, fragte Adrian dann doch erschrocken nach.

»Ja!«, nuschelte Hanna, während sie noch an ihrem ersten Bissen heiße Pizza kaute. »Im Grunde war ich nie krank - jedenfalls nicht so richtig.«

»Was willst du mir damit sagen? Du konntest doch deine Beine nicht mehr bewegen und auch nicht laufen. Als du in die Rehabilitationsklinik kamst, habe ich dich im Stich gelassen. Ich schäme mich so sehr dafür. Dann hast du unsere Verlobung und

Beziehung beendet - und das mit Recht. Ich war ein Schuft!«

Hanna lachte auf, als sie endlich das Stück Pizza geschluckt hatte. »Ja, das warst du. Aber andererseits kann ich dich jetzt verstehen. Nachdem ich wieder laufen konnte, habe ich auch studiert. Ich habe gemerkt, dass man sich sehr egoistisch und mit der vollen Kraft ins Studium stürzen muss, um einigermaßen gute Leistungen erbringen zu können. Das hat dann mein Ehemann auch zu spüren bekommen.«

»Ich habe schon gehört, dass du geheiratet hast«, sagte Adrian erleichtert.

»Ja, aber ich erzähle mal von Anfang an«, bot Hanna an und schob den Teller mit der halben Pizza ein wenig weiter von sich weg.

»Dann wird aber deine Pizza kalt!«, warf Adrian fürsorglich ein. »Ich kann warten.«

»Mag sein, dass du plötzlich dein Geduldsgen entdeckt hast, das früher ziemlich gut verschüttet war. Aber ich esse meine Pizza fast immer kalt und mag sie inzwischen fast nur noch so.«

Hanna lachte Adrian fröhlich an.

»Dann leg mal los!«, forderte Adrian sie jetzt auf und schob ebenfalls seinen Teller mit einem großen Stück dampfender Tunfischpizza zur Seite.

»Ich war im Grunde nicht krank, zumindest nicht körperlich. Nachdem auch die Rehabilitationsklinik keine Verbesserung oder Ursachen für meine Beinlähmung feststellen konnte, riet man mir, in eine psychotherapeutische Klinik zu gehen. Natürlich sträubte ich mich erst dagegen - ich fühlte mich nicht wie eine Verrückte, eher wie eine Gelähmte, aber irgendwann ließ ich mich dazu überreden, doch in diese Klinik zu gehen. Es stellte sich heraus, dass die Lähmung meiner Beine tatsächlich nicht auf einer körperlichen, sondern auf einer psychischen Erkrankung basierte. Kurz gesagt: Ich wollte dich unbewusst stärker an mich binden und deine Fürsorge bekommen, indem ich - wohlgemerkt unbewusst - vorgab, nicht mehr laufen zu können. Mein Psychologe riet mir, unsere Beziehung probeweise zu beenden, wogegen ich mich erst einmal natürlich mit Händen und Füßen - soweit es ging - wehrte. Als ich es jedoch trotzdem tat, ging es mir tatsächlich jeden Tag ein wenig besser, zumindest, was die körperlichen Lähmungserscheinungen anging. Ich war über ein halbes Jahr in dieser Klinik und konnte dort die Trennung und Ablösung von dir gut verarbeiten. Dort lernte ich dann meinen jetzigen Ehemann kennen, der mit ähnlichen Problemen zu kämpfen hatte. Wir sind sehr glücklich in unserer Ehe.«

Adrian schüttelte den Kopf. »Willst du damit sagen, dass meine Gleichgültigkeit dir gegenüber Schuld daran war, dass du nicht mehr laufen konntest? Wenn ich nur gewusst hätte, wie sehr du leidest, dann...« Adrian stockte. Er hätte sich auch dann damals nicht anders oder rücksichtsvoller Hanna gegenüber verhalten. »Was war ich ein Ekelpaket!«

Hanna lachte wieder. »Du solltest es anders sehen. Durch die Trennung von dir bin ich gesund geworden. Ich muss mich wohl in einer ungesunden Abhängigkeit von dir befunden haben, die ich durch solche Symptome zum Ausdruck brachte. Nun bin ich seelisch und körperlich gesund und sehr glücklich in meinem Leben. Eigentlich müsste ich dir dafür danken, dass du mich dazu gebracht hast, unsere Beziehung zu beenden.«

Verwirrt sah Adrian auf. »Siehst du das wirklich so? Es tut mir alles so leid, was ich damals angetan habe.«

Spontan stand Hanna auf und umarmte Adrian, der überrascht auf dem Sessel sitzen blieb. »Vergiss das alles. Ich finde es einfach schön, dass wir so offen miteinander reden können. Hätte ich gewusst, dass du hier wohnst, wäre ich schon viel früher mal vorbeigekommen.«

»Ich habe diese Villa erst vor ein paar Jahren gekauft und teilweise umbauen lassen«, erklärte Adrian noch immer verwirrt.

»Wo ist denn deine Frau, Adrian?«

»Ich bin nicht verheiratet. Ich dachte, ich würde Frauen nur unglücklich machen. Allerdings...«, Adrian stockte. Doch, da gab es jemanden.

»Allerdings, was...?«, bohrte Hanna nach.

»Da gibt es eine fantastische Frau, die jedoch noch an ihrem Ehemann hängt, von dem sie sich gerade scheiden lässt. Sie hat mich zurückgewiesen.«

»Das tut mir leid, Adrian«, sagte Hanna ehrlich. »Aber lass einer Frau ein wenig Zeit, wenn sie sich in der Scheidungsphase befindet. Das Leben und die Ziele ändern sich im Geist erst langsam.«

Adrian nickte, glaubte aber nicht wirklich daran, dass Jessica irgendwann plötzlich die Zuneigung zu ihm entdecken würde.

Aber auch Dr. Pascal Breheim, der seinen jahrelangen Freund Adrian jeden Donnerstagabend auf ein kleines Pläuschchen besuchte, gab Hanna Recht, nachdem ihm Adrian von Jessica und ihre Zurückweisung erzählt hatte.

»Adrian, es braucht Zeit, bis Frauen sich wieder für eine neue Beziehung öffnen. Was auch immer in der Ehe so schiefgelaufen ist, dass sie die Scheidung eingereicht hat, so ist es immer eine große Enttäuschung für sie. Lass ihr die Zeit, das zu verkraften und sich wieder vertrauensvoll Männern zuwenden zu können.« Pascal dachte daran, dass Jessica ihm von ihrer Angst erzählt hatte, sich bei ihrem fremdgehenden Ehemann mit dem HIV-Virus angesteckt zu haben. Nach dem Unfall hatte Jessica ihm ein wenig von der zerrütteten Ehe erzählt, aber Pascal unterlag der Schweigepflicht. Im Grunde sprach es eher dafür, dass Jessica Adrian sehr mochte, wenn sie ihn vor einer unheilbaren Krankheit schützen wollte. Aber dies konnte er Adrian leider nicht sagen. Daher ergänzte Pascal nur noch: »Du weißt doch gar nicht, was hinter ihrem Rückzug steckt. Ich habe euch damals zusammen in meiner Praxis gesehen. Ich hatte schon den Eindruck, dass sie dich mochte!«

»Leider wünsche ich mir mehr, als dass sie mich nur ‚mag'. Zudem war sie damals verwirrt durch den Unfall und ihre Schmerzen.

Jessica war vermutlich dankbar, dass sich jemand um sie gekümmert hat.« Adrian spielte ihr Ankuscheln an seine Brust zum Abschied herunter. Er konnte sich ihren Rückzug vor ein paar Tagen einfach nicht anders erklären, als dass sie nicht genug Gefühle für ihn hatte.

Pascal schüttelte leicht den Kopf. Wenn Jessica in ungefähr zwei Wochen zur Nachkontrolle der Heilung ihres Kahnbeinbruches zu ihm in die Praxis käme, würde er vorsichtig versuchen herauszufinden, was die Gründe für ihre Zurückweisung von Adrian gewesen waren. Zu häufig hatte Pascal schon erlebt, dass eine Beziehung zwischen Liebenden wegen Missverständnisse nicht zu Stande gekommen war oder zu scheitern drohte.

Jessica war inzwischen in ihrer gemütlichen Studentenwohnung unter dem Dach angekommen. Sie hatte sehr umständlich aber durchaus erfolgreich den großen Umschlag aufgerissen, der ihr von ihrer Scheidungsanwältin Frau Neumann in den Briefkasten geworfen worden war. Mit Erstaunen las sie, dass Kevin der Scheidung bedingungslos zustimmte und auch bestätigte, dass das Trennungsjahr bereits in der

Vergangenheit eingehalten worden war. Da Jessica wusste, dass Kevin sich auch etwas von einer schnellen Scheidung versprechen würde, weil er ansonsten nicht zugestimmt hätte, vermutete sie, dass er einen guten weiblichen Fang gemacht hatte. Aber im Grunde war es Jessica egal. Ihr ging Adrian nicht aus dem Kopf - sein leichtes Lächeln huschte dauernd vor ihren Augen hin und her und ebenso die attraktive Scheidungsanwältin, die offensichtlich mehr als eine Anwältin oder Freundin für Adrian war.

Ihr Herz schien verbrennen zu wollen, wenn Jessica dran dachte, wieso sie Adrian zurückgewiesen hatte. Es hatte leider nie eine Chance für sie beide gegeben.

Knapp zwei Wochen später saß Jessica mit einem großen braunen Umschlag im Wartezimmer des Herrn Dr. Pascal Breheims. Nachdem sie am Vormittag die Überweisung zum Röntgen ihres linken Handgelenkes von ihm erhalten hatte, war sie direkt danach zur radiologischen Praxis drei Straßen weiter gegangen. Dr. Pascal Breheim galt auch dort als freundlicher und sehr professioneller Arzt und so durfte Jessica gegen Mittag mit ihren

Röntgenaufnahmen im unhandlich großen braunen Umschlag nach Hause gehen.

Nun war es früher Nachmittag und sie wollte die Ergebnisse der Röntgenuntersuchung mit dem freundlichen Arzt besprechen. Jessica musste sich jedoch ein wenig gedulden, da er bereits eine andere Patientin behandelte.

Plötzlich wurde die Türklinke des Behandlungszimmers mit deutlich hörbarer wütender Kraft heruntergedrückt. »Herr Doktor, Sie müssen mir diese Bescheinigung geben. Ich bin auch bereit, dafür zu zahlen.«

»Liebe Frau Haas, wollen Sie mich etwa bestechen?« Die Stimme des sonst so gütigen und freundlichen Arztes war hart und kalt.

»Mir ist egal, wie Sie das nennen - die Hauptsache ist, ich bekomme diese Bestätigung von Ihnen.«

»Frau Haas, wir haben schon zwei Mal darüber diskutiert, dass ich Ihnen diese Bescheinigung nicht ausstellen kann und werde. Wenn Sie krank sind, können Sie gerne jederzeit wieder zu mir kommen, aber wegen dieser Angelegenheit möchte ich nicht mehr von Ihnen konsultiert werden.«

»Herr Doktor, wollen Sie erst warten, ehe ich mir etwas angetan habe?«, fragte die Frauenstimme nun weinerlich.

Jessica horchte auf. Das Gespräch schien spannend zu werden.

»Frau Haas, wenn Sie ernstlich in Erwägung ziehen, einen Selbstmordversuch zu unternehmen, bin ich verpflichtet, Sie zu Ihrer eigenen Sicherheit in eine Klinik zwangseinliefern zu lassen. Ich bin jedoch der Ansicht, dass Sie sich nicht umbringen, sondern mich nur damit erpressen wollen.«

»Kevin gehört zu mir und nun wird er von den reichen Eltern seiner schwangeren Affäre erpresst, sie zu heiraten. Sie tun ein gutes Werk, wenn Sie mir die Möglichkeit geben, das zu verhindern. Mit dieser Bescheinigung wären alle Probleme auf einmal gelöst«, bettelte die Frau.

Jessica schluckte. »Kevin?« Eigentlich wäre ihr Nochehemann Kevin ein typischer Kandidat dafür, in solch merkwürdige Situationen zu geraten. Aber das konnte doch nicht sein? Es gab so viele Kevins in dieser Stadt.

»Sie müssen Ihre Probleme ohne mich lösen. Ich werde Ihnen garantiert keine falsche Krankenbescheinigung ausstellen. Sie sind kerngesund, worüber Sie sich - nebenbei bemerkt - freuen sollten.«

»Das täte ich auch wirklich, Herr Doktor, aber ich habe doch Kevin schon geschrieben, dass mein HIV-Test positiv verlaufen ist. Seine Frau hat sich dann wohl endlich von ihm getrennt. Jetzt hat er aber eine neue Freundin, die er gar nicht will. Das hat er mir selbst erzählt.« Diese dreiste Frau schien nicht aufgeben zu wollen. Jessica fand es sehr erstaunlich, wie die Geschehnisse bei fremden Leuten ähnlich verlaufen können. Die Ex-Freundin von Kevin hatte ihm auch von einem positiven HIV-Test auf der Postkarte berichtet und sie hatte ihn verlassen. Wie hieß die Ex-Geliebte noch gleich? Sandra, - nein Sarah war ihr Name.

»Wieso spricht dieser Kevin noch mit Ihnen, wenn Sie seine Scheidung verursacht und ihm von Ihrer HIV-Infektion erzählt haben? Das halte ich für unwahrscheinlich.« Der Doktor bohrte nach.

»Ich bin Kevin auf der Straße begegnet und da hat er mich gleich angeschrien. Er hat gesagt, ich sei an allem schuld und er wäre bestimmt nicht krank. Außerdem sollte ich aufhören, noch weiter solche Lügen zu behaupten, sonst bekäme ich eine

Verleumdungsklage von ihm an den Hals. Kevin wäre jetzt so gut wie verlobt und würde durch die Heirat reich werden, auch wenn er die Frau gar nicht wollte und zur Heirat gezwungen werden musste. Kevin beschuldigte mich, nur Lügen zu erzählen. Er sagte wortwörtlich: »Wenn ich noch einmal mitbekomme, dass du irgendetwas von einer HIV-Erkrankung erzählst, mache ich dich fertig, Sarah!« Jetzt habe ich Angst vor ihm. Das müssen Sie doch verstehen, Herr Doktor«, versuchte diese Frau es nun mit der Mitleidstour.

Jessica stand inzwischen im Wartezimmer und schnappte nach Luft. Sarah! War es die ehemalige Geliebte Sarah ihres Mannes Kevin? Jessica brauchte Gewissheit. Sie stürmte aus dem Wartezimmer auf den Flur und steuerte geradewegs auf die junge, überschminkte Frau zu. »Ich musste leider das Gespräch aufgrund der Lautstärke mitverfolgen. Ist dieser Mistkerl, der Sie bedrohte, etwa Kevin Maarin?«

»Ja, woher wissen Sie das?«, fragte Sarah Haas verwirrt.

»Da ich seine Frau bin, oder besser: war. Machen Sie sich mal keine Gedanken. Kevin ist ein Mistkerl, aber er erhebt nicht die Hand gegen eine Frau. Dennoch sollten Sie lieber bei der Wahrheit bleiben und durch Ihre Lügen nicht unschuldigen Leuten damit das Leben zerstören.« Jessica wartete die Antwort von Sarah Haas nicht ab. Sie verschwand wieder im Wartezimmer, um die Informationen erst einmal zu verarbeiten.

»Damit dürfte sich wohl die Bitte um die Bescheinigung, dass Sie HIV-positiv sind, endgültig erledigt haben. Auf Wiedersehen, Frau Haas«, sagte Pascal immer noch kühl, aber höflich und ging in das Behandlungszimmer zurück.

Sarah Haas verließ die Praxis beschämt und ohne ein weiteres Wort von sich zu geben.

Jessica saß erschüttert auf einem der hölzernen Wartezimmerstühle. Das war alles eine Lüge. Sarah war nicht mit dem HIV-Virus infiziert, dann waren es Kevin und sie mit höchster Wahrscheinlichkeit auch nicht. Das war einer der Gründe gewesen, warum sie Adrian zurückgewiesen hatte. Adrian! In ihrer Herzgegend wurde es ganz warm und Nervosität breitet sich aus, bevor tiefe Traurigkeit sie verscheuchte. Nein, sie hatte Adrian auch zurückgewiesen, weil sie nicht wollte, dass er aus Mitleid oder zum Abtragen seiner vergangenen Schulden nett und zärtlich zu ihr wäre. Wenn sie zusammenkämen, sollte es aus Liebe und Leidenschaft geschehen und nur aus diesem Grund.

Jessica erschrak, als Dr. Breheim plötzlich im Wartezimmer vor ihr stand.

»Guten Tag, Frau Maarin. Darf ich Ihnen schon die Hand gegeben oder schmerzt Ihr verstauchtes rechtes Handgelenk noch zu stark?«, fragte er nach. Jessica erschien es merkwürdig, dass er gar nicht auf die Geschehnisse mit Sarah Haas und ihr vor ein paar Minuten ansprechen wollte. Aber da sie es selbst noch nicht verarbeitet hatte, war sie im Grunde dankbar für ein unverbindlicheres Gespräch, dass sie ein wenig ablenken würde.

»Es ist sehr aufmerksam von Ihnen, dass Sie sich nach der langen Zeit noch daran erinnern. Aber inzwischen können Sie mir gerne die Hand geben, wenn sie nicht zu stark schütteln oder zudrücken«, lächelte Jessica.

Während Dr. Breheim sanft ihre Hand ergriff, zwinkerte er ihr zu. »Natürlich erinnere ich mich an Sie, wie auch an alle meine Patienten, die mir am Herzen liegen. So eine Verstauchung kann manchmal wesentlich hartnäckigere Schmerzen verursachen als ein

Bruch.« Dann wies Pascal mit dem ausgestreckten Arm auf die Tür.

»Dann lassen Sie uns mal in mein Behandlungszimmer gehen. Da kann ich mir vor einer beleuchteten Scheibe die Röntgenaufnahmen genau ansehen und schauen, ob ihr Kahnbeinbruch auch gut heilt. Haben Sie noch Schmerzen im linken Daumengelenk oder in der Handwurzel?«

»Nein, dort schmerzt nichts. Ich kann den Arm aber wegen des Daumengipses kaum bewegen und habe den Eindruck, dass er sehr schwach geworden ist.«

Während Dr. Breheim und Jessica zu dem hellen Behandlungszimmer gingen, lachte Dr. Breheim auf. »Das ist tatsächlich so. Sie haben jetzt bereits sechs Wochen diese Muskeln ihres Armes und der Hand untätig im Gips ruhen lassen. Selbst wenn alles gut heilt, benötigen Sie noch weitere sechs Wochen einen Unterarmgips mit Daumeneinschluss.«

»Wird denn mein Arm und meine Hand wieder so beweglich und kräftig, wie sie es vor meinem Unfall waren?«, fragte Jessica erschrocken nach.

Dr. Breheim legte den Arm auf Jessicas Schultern. »Lassen Sie mich die Röntgenaufnahmen mal ansehen. Wenn alles gut verheilt, wovon ich in Ihrem Falle ausgehe, werden sie nach den zwölf Wochen Gips noch Krankengymnastik und etwas mehr Geduld benötigen. Dann kann ich Ihnen versprechen, dass Ihr Arm und ihre Hand wieder voll einsatzfähig werden.« Jessica nickte. Dr. Breheim nahm beide Röntgenaufnahmen aus dem braunen Umschlag und heftete sie an die Klammern vor der von innen beleuchteten Milchglasscheibe an der Wand.

Eine halbe Minute schaute sich Dr. Breheim abwechselnd die Bilder an, auf denen Jessica zumindest die Fingerknochen grob erkennen konnte. Dann lächelte er. »Das sieht hervorragend aus, Frau Maarin. Ich bin sehr zufrieden mit der Heilung Ihres Kahnbeins.«

Auch Jessica lächelte erleichtert.

»Brauchen Sie noch einen Verband oder eine Salbe für das rechte verstauchte Handgelenk?«, fragte Dr. Breheim nun.

»Nein, es ist in den letzten zwei Wochen erheblich besser geworden. Manchmal denke ich gar nicht mehr an die Verstauchung.«

»Das hört sich doch ganz hervorragend an. Leider braucht so eine Heilung immer seine Zeit und ungeduldige Patienten leiden darunter oft sehr. Allerdings mache ich mir momentan ein wenig Sorgen um ihre seelische Gesundheit.«

Jessica schaute auf und hatte schon Tränen in den Augen. »Mein Leben hat sich völlig geändert. Bald bin ich geschieden. Ich lebe jetzt in einer gemütlichen Studentenwohnung bei Adrian, der mich nach dem Unfall zu Ihnen gefahren hat. Also nicht direkt bei Adrian, sondern in seinem Haus unter dem Dach. Es ist schön, dass ich keine Sorgen haben muss, mich am HIV-Virus angesteckt zu haben. Dennoch wäre es besser gewesen, wenn ich es vier Wochen früher gewusst hätte. Aber vielleicht hätte das auch nichts geändert.« Jessica posaunte bei dem vertrauenswürdigen Arzt alles ungeordnet heraus, was ihr auf dem Herzen brannte, während ein paar Tränen die Wangen herunterliefen.

»Sie sind ja völlig durcheinander.« Spontan nahm Dr. Breheim sie in den Arm und hielt sie ein paar Minuten fest, damit sich Jessica beruhigen konnte. Dann trat er einen Schritt zurück.

»Warum wäre es besser gewesen, wenn Sie gerade vier Wochen früher gewusst hätten, dass Sie gesund sind?«

»Weil ich dann den Mann, den ich liebe, nicht zurückgewiesen hätte«, antwortete Jessica verschämt.

»Und warum sagten Sie dann, dass es vielleicht dann doch nichts geändert hätte, wenn Sie gewusst hätten, dass Sie sich nicht am HIV-Virus angesteckt haben?« Dr. Breheim schaute Jessica väterlich an.

»Weil ich ihn vermutlich trotzdem zurückgewiesen hätte.«

»Verstehe ich das richtig? Dieser Mann, den Sie lieben, hat sich Ihnen genähert und Sie haben ihn abgelehnt.« Dr. Breheim ahnte langsam so einiges.

»Ja, weil ich dachte, dass ich eine tödliche Krankheit habe. Zudem sprach er immer davon, dass er sich um mich kümmern wollte, um sich selbst zu beweisen, dass er nicht mehr so ein Schurke wie in der Vergangenheit ist.« Jessica tat es unendlich gut, ihre Sorgen laut aussprechen zu können.

»Sie wollten von ihm als Frau und nicht zur Gewissenserleichterung beachtet werden?«, fasste der Arzt ihre Aussage zusammen.

Jessica nickte und Dr. Breheim lächelte. Er hatte selbst so häufig von Adrian gehört, wie schuldig er sich fühlte, seine ehemalige Verlobte Hanna im Stich gelassen zu haben.

Wenn er über Hanna nur halb so viel bei Jessica wie bei ihm gesprochen hatte, würde jede Frau darauf ablehnend reagieren.

»Sie lieben diesen Mann sehr?«, fragte Dr. Breheim noch einmal nach.

»Ja, Adrian ist mein Traummann!«

»Manchmal sind die Dinge ganz anders, als sie von außen aussehen«, sagte der Arzt geheimnisvoll.

»Manchmal, aber leider nicht in diesem Fall,«, stöhnte Jessica halb lächelnd, halb traurig.

Es war Dienstagnachmittag, als Jessica die Praxis von Dr. Pascal Breheim verließ. Der Arzt hatte längst beschlossen, in dieser voller Missverständnisse steckenden Herzensangelegenheit zwischen Jessica und Adrian zu vermitteln. Das nächste wöchentliche Treffen mit seinem langjährigen Freund Adrian stand am kommenden Donnerstag, also in zwei Tagen, an und er hatte auch schon eine gute Idee, wie man die ganzen falschen Deutungen endlich beheben könnte.

»Jantsch?«, meldete sich Adrian kurz vor 18:00 Uhr am Donnerstagabend an seinem

Telefon zu Hause. Er erwartete in einer Stunde seinen Freund Pascal und hatte sich schon den ganzen Tag auf das Treffen mit ihm gefreut. Adrian konnte seine Gedanken kaum von Jessica lösen, obwohl sie ihn eindeutig zurückgewiesen und seitdem auch keinen Kontakt mehr zu ihm gesucht hatte. Jessica strahlte eine solch faszinierende Attraktivität auf ihn aus, die kaum zu verblassen schien. Adrian hatte sich in diese Frau Hals über Kopf verliebt. Leider schien es Jessica nicht so zu gehen. Sie schien noch unter der Trennung zu ihrem Ehemann zu leiden. Was für eine verrückte Welt!

»Hallo Adrian, ich bin es Pascal«. Es tat Adrian gut, die vertraute, freundliche Stimme seines Freundes zu hören. Dennoch wäre es ihm lieber gewesen, Pascal hätte nicht angerufen. Ein Anruf bei einer festen Verabredung bedeutete meistens nichts Gutes. Wollte Pascal etwa das heutige Treffen mit ihm absagen.

»Hallo Pascal. Du willst mir jetzt sicher mitteilen, dass du keine Lust hast, dir den heutigen Abend mit deinem griesgrämigen, traurigen Freund zu verbringen. Daher musst du unser wöchentliches Treffen dieses Mal ausnahmsweise absagen. Richtig?« Adrian war teils belustig, teils bitter sarkastisch.

»Völlig falsch, mein alter Freund. Ich will nicht absagen, sondern dir nur mitteilen, dass ich noch zwei weitere Personen mitbringen werde.«

»Das ist aber einer zu viel für eine gemütliche Skatrunde«, merkte Adrian belustigt an.

»Ich glaube auch nicht, dass die reizenden Damen Lust hätten, mit uns Skat zu spielen«, stieg Pascal auf Adrians Humor ein.

»Nette Damen? Dann gehe ich mal davon aus, dass die eine davon deine liebreizende Frau ist, mein lieber Pascal.«

»Nein. Meine Frau hat heute ihren Aerobickurs. Beide Damen möchten zudem eher dich besuchen als mich begleiten.«

»Du machst es ganz schön spannend, Pascal. Ich finde es lieb von dir, dass du mich so leistungsfähig hältst, es gleich mit zwei reizenden Damen aufzunehmen. Allerdings steht mir im Moment leider nicht der Sinn nach Damenbekanntschaften. Die Letzte nagt noch empfindlich an meinem Herzen.« Adrian versuchte aufzulachen, was ihm aber misslang. Es hörte sich eher wie ein Aufstöhnen an, das tatsächlich vom Inneren des Körpers zu kommen schien.

»Adrian, ich kenne dich inzwischen so lange. Glaubst du wirklich, ich käme mit den falschen Frauen zu dir?«

»Es gibt nur eine Richtige für mich«, murmelte Adrian und wechselte dann das Thema.

»Ich habe jedoch keinen Wein oder etwas zu essen hier. Ich kann leider nur mit ein paar Salzstangen und Whiskey dienen. Ich glaube aber kaum, dass dies den Damen so recht munden wird.«

»Keine Sorge, ich bringe guten Wein und belegte Brötchen mit. Mein örtlicher Metzger ist berühmt für sein Roastbeef und seinen Kräuterfrischkäse. Das wird schon gut laufen.« Das Lachen in Pascals Stimme verriet, dass sich der Arzt köstlich amüsierte.

»Wir werden sehen«, zweifelte Adrian noch, sagte dann aber entspannter: »Wir sehen uns dann gleich in einer Stunde oder brauchen die reizenden Damen noch etwas länger?«

Nun lachte Pascal auf. »Nein, wir sind um 19:00 Uhr da - vorausgesetzt, wir beenden jetzt das Telefonat. Zieh dir was Anständiges an.«

Adrian lachte auf. »Meinst du damit die Unterwäsche oder die Oberbekleidung?«

»Als Doktor, der seine Patienten mit und ohne jegliche Kleidung sieht, kann ich dir nur raten, jedes einzelne Kleidungsstück sorgsam auszuwählen. Nicht für jeden Mann sind Boxershorts die optimale Unterhose und nicht jedem Mann steht Lederoberbekleidung.«

»Okay, also keine Boxershorts und kein Leder«, stöhnte Adrian betont genervt auf. »Aber jetzt sputet euch mal ihr drei. Ich habe schon Hunger auf die Brötchen, die du mitbringst.«

»Das ist typisch für dich, Adrian. Du denkst immer nur an das eine!«, lachte Pascal und beendete damit das Gespräch.

Adrian war schon ein wenig aufgeregt, wenn er daran dachte, wie viel Mühe sich Pascal gegeben zu haben schien, um ihm die beiden Frauen präsentieren zu können. Es tat Adrian außerordentlich leid, dass er momentan definitiv kein Interesse an einer anderen Frau hatte. Dennoch würde ihn der Abend vielleicht doch ein wenig ablenken.

Zum gleichen Zeitpunkt schellte auch Jessicas Handy. Sie hatte noch immer keinen Festnetzanschluss in ihrer Studentenwohnung beantragt, da sie sie nur als Übergangslösung gesehen hat. Adrian hatte noch immer rigoros abgelehnt, Miete von ihr anzunehmen.

»Maarin«, meldete sich Jessica, erkannte dann aber die Rufnummer ihrer Scheidungsanwältin.

»Entschuldigen Sie, dass ich Sie so spät noch belästige. Ich weiß, es ist ungefähr 18:00 Uhr, aber ich würde sehr gerne kurz noch etwas mit Ihnen besprechen. Ich bin um 19:00 Uhr bei Ihnen und bitte Sie dann, kurz ins Erdgeschoss zu kommen.« Hanna Neumann wirkte aufgeregt. Ihre Stimme hatte die sonst für sie typische Sachlichkeit verloren.

»Warum soll ich ins Erdgeschoss kommen? Sie können mich gerne in meiner Wohnung besuchen. Es ist zwar eigentlich Adrians Wohnung, aber ich darf sie vorübergehend nutzen«, stotterte Jessica leicht, als sie daran dachte, dass ihre Scheidungsanwältin und Adrian vermutlich ein Paar waren.

»Frau Maarin, es ist wirklich sehr wichtig für Ihre Zukunft. Kommen Sie nur herunter und ich erkläre Ihnen dann alles Weitere. Vertrauen Sie mir einfach.« Frau Neumanns Stimme klang jetzt flehend.

»Ja, gut. Ich verstehe nicht, warum, aber ich werde, herunterkommen, wenn Sie läuten.« Jessica überlegte kurz, ob Adrian ihr nun Frau

Neumann als seine neue Verlobte und somit baldige Hausherrin vorstellen wollte. Ihr Herz drückte noch immer, wenn sie an Adrian dachte. Aber dann könnte sie vielleicht wenigstens aufhören, ständig an ihn zu denken, wenn ihr mit einer festen Freundin vor Augen geführt würde, dass er unerreichbar für sie geworden wäre.

»Danke, Frau Maarin. Glauben Sie mir, Sie werden es nicht bereuen.« Hanna Neumann beendete damit das Telefonat.

Adrian hatte sich tatsächlich eine schwarze Jeanshose und ein schwarzes Hemd angezogen, das er jedoch noch vorher bügeln musste. Er wusste, dass die Frauen ihn im dunklen Hemd sehr attraktiv fanden, da es ein attraktiver Kontrast zu seiner hellen Haut und seinen dunklen Haaren zu sein schien. Da Adrian jedoch schon lange nicht mehr auf Frauenfang aus gewesen war, lag das Hemd schon monatelang auf der Bügelwäsche - bis heute. Adrian bedauerte plötzlich, dass er dieses Hemd noch nie während eines Treffens mit Jessica getragen hatte. Er rasierte sich noch einmal ordentlich, frisierte seine Haare mit Gel und dachte unentwegt an Jessica.

Pünktlich um 19:00 Uhr erklang seine Türglocke. Betont langsam ging Adrian zur Tür, drückte auf den Haustüröffner und öffnete nahezu gleichzeitig die Wohnungstür. Er wolle einen überlegenen, geradezu arroganten Eindruck bei den zwei anwesenden Frauen erwecken, was ihm jedoch misslang, als er sah, wer bereits im Hausflur vor seiner Wohnungstür wartete.

»Hallo, zusammen. Wolltet ihr alle zu mir?«, fragte Adrian bemüht, seine überlegene Haltung wieder zu erlangen.

»Natürlich! Du wusstest doch, dass noch zwei Damen den freundlichen Herrn Dr. Pascal Breheim begleiten würden«, antwortete Hanna forsch. Pascal grinste. Nur Jessica schien genauso verwirrt zu sein wie Adrian selbst.

»Guten Abend, Jessica. Du möchtest auch zu mir oder gehörst du zu Pascal?« Adrian wurde immer nervöser.

»Nein, das heißt eigentlich ja. Um genau zu sein: Ich weiß auch nicht genau, was hier geplant ist. Frau Neumann hat mich gebeten, nach unten zu kommen und Herr Dr. Breheim schellte dann an deiner Türklingel.« Jessica schaute hilflos von einem zum anderen.

»Nenn mich Hanna«, bot die Scheidungsanwältin Jessica an, die zurückschreckte. Hatte Adrian seine Schuldgefühle nicht gegenüber seiner ehemaligen Verlobten, die ebenfalls Hanna geheißen hatte? Aber seine Freundin hatte damals nicht laufen können. »Hanna? Kennen Sie - kennst du Adrian schon länger?«

»Allerdings«, lächelte Hanna breit und lehnte sich kurz an Adrians Arm an.

Jessicas Herz krampfte erneut - zumindest fühlten sich die aufsteigende Eifersucht und der Schmerz so an.

»Pascal, du trägst ganz tapfer die beladene Brötchenplatte. Hoffentlich ist sie nicht zu schwer für einen Mann deines Alters«, scherzte Adrian verlegen kumpelhaft mit seinem Freund.

»Was soll das heißen: ‚Mann in deinem Alter'«, entgegnete Pascal augenzwinkernd. »Wenn es darum geht, die schwersten Gewichte im Fitness-Studio zu heben, bin ich dir trotz meines weisen Alters immer noch überlegen.«

»Das liegt nur daran, dass ich im Chemiewerk täglich Überstunden leisten muss, während du dir deine viele Freizeit durch die erfolgreiche Behandlung deiner kranken Patienten sicherst«, beschwerte sich Adrian lächelnd. »Jetzt kommt aber doch mal herein und setzt euch. Schließlich soll das hier doch keine Flurparty werden, oder?«

Hanna und Pascal gingen forsch an Adrian durch seine kleine Diele vorbei und in das Wohnzimmer. Jessica folgte ihnen, behielt jedoch die ganze Zeit Adrian im Blick. Auch Adrian beobachtete sie, sagte aber nichts.

Nachdem seine drei Besucher Platz genommen hatten, rief Pascal: »So, Adrian, nun hole mal deine besten Weingläser heraus. Ich habe einen hervorragenden Wein mitgebracht, den ich mir gerade noch so leisten kann. Ich denke, wir haben etwas zu feiern.« Während Adrian im Wohnzimmerschrank nach den Gläsern griff, hörte er das Rascheln von heruntergezogener Aluminiumfolie hinter sich.

»Die Brötchen sehen lecker aus. Sogar Roastbeef ist auf einigen von ihnen. Ich danke Ihnen, Herr Dr. Breheim, dass Sie uns so toll bewirten«, redete Hanna ein wenig zu munter drauflos. Adrian merkte, dass sie angespannt war. Was war nur los? Warum hatte Pascal seine ehemalige Verlobte und seine unerreichbare Traumfrau mitgebracht? Adrian verstand es nicht.

Als er die Gläser auf den Wohnzimmertisch gestellt hatte, hörte er auch schon das »Ploppen« vom Korken. Dann schenkte Pascal erst sich ein wenig und dann den anderen den rot schimmernden Wein in die edlen Gläser.

»Bitte ergreift jetzt jeder ein Glas und lasst uns anstoßen.«

»Worauf denn?«, fragte Adrian nun direkt. Er ahnte Schlimmes und wollte Pascals womöglich schmerzhafte Überraschung endlich hinter sich bringen, um danach in Ruhe seine Wunden lecken zu können.

»Wir stoßen auf die Wahrheit an! Prost!« Ehe jemand von den Anwesenden eine Rückfrage stellen konnte, hatte Pascal schon einen großen Schluck aus seinem Glas getrunken.

»Ihr müsst auch trinken oder wollt ihr etwa nicht wissen, was an euren eigenen Schlussfolgerungen wahr oder falsch ist?« Lachend hob Pascal erneut das Glas.

Die drei anderen am Tisch schauten sich ratlos an, ergaben sich dann aber ihrem Schicksal und tranken einen Schluck aus den Gläsern.

»So, Pascal. Wir haben dir zugehört, brav getrunken und hätten jetzt gerne die Auflösung des Rätsels von dir!« Adrian lehnte sich abwartend und nervös zurück.

»Gut! Hier sitzen alle an dem Rätsel Beteiligten.« Theatralisch stand Pascal auf.

»Fangen wir mit dir an Hanna! Ich denke in dieser gemütlichen Runde können wir uns alle duzen.« Hanna nickte, während Pascal schon fortfuhr: «Wie wir alle wissen, hast du vor vielen Jahren nach einem Autounfall mit Adrian an Lähmungserscheinungen gelitten. Richtig?«

Hanna nickte.

»Jetzt sitzt du jedoch ohne Rollstuhl, ziemlich sportlich und attraktiv hier und schaust mich verwirrt an.«

Hanna nickte erneut.

»Adrian hat sich jahrelang schwere Vorwürfe gemacht, dass er damals bei deinen Lähmungssymptomen nicht zu dir gestanden hat, sondern sich lieber seinen Studienkollegen und dem Chemiestudium gewidmet hat.«

»Ja, das habe ich vor ein paar Tagen von Adrian selbst gehört«, stimmte Hanna ihm zu.

»Magst du erzählen, Hanna, was wirklich passiert ist? Du musst es nicht tun, wenn du es nicht möchtest. Es würde jedoch vieles erklären.« Pascal setzte sich wieder abwartend. Offensichtlich war er sich sicher, dass Hanna nochmals von ihrer psychischen Erkrankung sprechen würde. Vermutlich war Hanna jedoch auch die Einzige, mit der er seine Pläne für den heutigen Abend abgesprochen hatte.

Hanna schluckte und begann dann ihre Erzählung mit ruhiger Stimme: »Ich hatte damals keinen körperlichen Schaden, sondern eine seelische Erkrankung, die ich aber selbst als solche nicht bemerkt habe. Ich hatte unbewusst wohl sehr stark gelitten, dass Adrian sich kaum noch um mich gekümmert hatte. Da hat meine Psyche sich gedacht: »Nutzen wir den Unfall mit Adrian als Fahrer einfach mal dazu, seine Schuldgefühle zu wecken. Vielleicht kümmert er sich mehr um dich, wenn du offensichtlich auf seine Hilfe angewiesen bist.« In einer Psychotherapie wurde mir dies bewusst, die Lähmung verschwand vollständig und ich beendete die Beziehung zu Adrian. Inzwischen bin ich glücklich verheiratet und möchte meinem ehemaligen Verlobten eher dafür danken, dass er mir keine falsche Fürsorge vorgespielt hat, sondern mir die ehrliche Chance gegeben hat, selbstständig zu werden und mir einen wirklich passenden Partner zu suchen.« Hanna stand auf, ging zum Sessel, auf dem Adrian saß, und gab ihm einen Kuss auf die Wange. »Erst vor Kurzem haben wir uns zufällig hier wiedergetroffen, als ich für Jessica einen Brief in den Briefkasten werfen wollte. Wir haben uns dann ausgesprochen. Ich bedaure sehr, dass du so viele Gewissensbisse wegen mir hattest, Adrian. Das wäre überhaupt nicht nötig gewesen. Ich bin sehr glücklich mit der Entwicklung meines Lebens.«

Jessica schaute verwirrt von Hanna zu Adrian. Er lächelte weich und nickte. Adrian wirkte, wie von Zentnerlasten befreit. Also war Hanna gar nicht seine Freundin oder kam gleich noch der Haken an der ganzen Angelegenheit?

»So, die erste Dame hat gesprochen. Vielen Dank, Hanna für deine Ehrlichkeit. Es ist selbstverständlich, dass die heute besprochenen, privaten Dinge auch unter uns bleiben, nicht wahr?« Pascal schaute in die Runde und alle Anwesenden nickten brav.

»Hanna, der Rest geht nur Jessica und Adrian etwas an. Wir werden uns daher kurz in die Küche zurückziehen, wenn Sie sich nicht dadurch ausgeschlossen fühlen. Sie können auch gerne schon bei den Brötchen zugreifen.« Pascal zwinkerte ihr zu.

»Oh, ja. Gerne. Bis gleich dann und beeilt euch, sonst gibt es vermutlich keine Brötchen und keinen Wein mehr«, lächelte Hanna, die bereits ein halbes Brötchen mit Roastbeef in der Hand hielt.

Pascal winkte Jessica und Adrian zu, ihm zu folgen. Dann ging er vor bis in Adrians Küche.

»So ihr beiden, nun sprecht euch mal aus. Ich bitte dich, Jessica, und dich, Adrian, um Ehrlichkeit und Offenheit. Das ist die Grundlage einer gut funktionierenden Beziehung. Fragt mal meine Frau. Sie hat mir das anfangs auch ständig sagen müssen, und auch wenn es mir schwerfällt, es zuzugeben, aber meine Frau.« Pascal zwinkerte Adrian zu, der genau wusste, wie perfekt und eng die Beziehung zwischen Pascal und seiner Frau war.

Adrian nickte und Jessica wusste nicht so richtig, was sie von dieser Entwicklung halten sollte. Einerseits fühlte sie sich von Pascal etwas überrollt, anderseits kam jedoch ein kribbelnd schönes Gefühl in ihrem Herzen hoch: die Hoffnung, dass doch noch alles gut werden könnte.

»Ach, ich nehme noch eine Kuchenplatte mit.« Pascal kramte zielsicher eine glänzende Kuchenplatte aus Edelstahl aus dem weißen Küchenoberschrank. Danach nickte er den beiden lächelnd zu, verließ die Küche und schloss die Küchentür leise hinter sich.

Pascal ging sofort in das Wohnzimmer zurück und legte die Kuchenplatte auf den Wohnzimmertisch. »Liebe Hanna, ich danke dir sehr für deine Unterstützung und Ehrlichkeit«, sagte er ernst zu Hanna, die gerade noch an einem Stück Brötchen kaute.

Hanna kaute schneller, um antworten zu können. Dann schluckte sie und sagte: »Das ist selbstverständlich, Pascal. Ich habe meine große Liebe gefunden und will für Adrian genau dasselbe.«

»Nun ja, er hat dich damals nicht besonders mitfühlend behandelt, als du seine Hilfe gebraucht hätten. Nicht jede Frau hätte jetzt so selbstlos gehandelt«, wandte Pascal ein.

»Er hat das gemacht, was ein ehrgeiziger Student leider machen muss: Sich auf sich und sein Studium konzentrieren und möglichst wenig ablenken lassen. Pascal, auch ich habe später Jura studiert und seitdem kann ich Adrians Handeln sehr viel eher verstehen. Es tat mir damals sehr weh, aber es ist im Nachhinein durchaus verzeihlich. Zudem denke ich, dass Adrian mehr als genug unter seinen Schuldgefühlen gelitten hat. Er hat sich das große Glück wirklich verdient.« Hanna wollte sich gerade ein neues halbes Brötchen nehmen, da lachte Pascal erleichtert los.

»Ich hoffe nur, die beiden schaffen den Rest in der Küche alleine. Aber da bin ich guter Hoffnung. Ich schlage vor, wir lassen ihnen noch ein paar halbe Brötchen übrig und legen sie auf die Kuchenplatte. Den Rest nehmen wir für uns mit. Eine Flasche Wein lasse ich noch hier, eine nimmst du mit und die restliche Flasche behalte ich. Was hältst du davon? Wenn du willst, können wir die restlichen Brötchen noch in Ruhe bei mir zu Hause verzehren und auch dort noch Wein trinken.«

Hanna musste grinsen. »Wenn alles gut läuft, werden die beiden jetzt erst einmal Zeit für sich brauchen. Ich komme gerne noch auf ein Weinschlückchen und ein paar Brötchenhälften zu dir. Hoffentlich lerne ich dann auch deine Frau kennen.«

Pascal nickte lächelnd. »Ja, sie kommt heute am späten Abend nach Hause. Sie ist eine fantastische Frau.«

Leise zogen Hanna und Pascal die Wohnungstür hinter sich ins Schloss und hofften, dass sich Jessica und Adrian jetzt schon in den Armen liegen würden.

Jessica und Adrian waren aber eher überrascht über Pascals und Hannas Überfall, als dass sie bereits waren, sich zu öffnen. Zudem hatten inzwischen schon beide die Hoffnung aufgegeben, dass der jeweils andere tatsächlich ernsthafte Gefühle für den anderen entwickelt hätte.

Adrian hatte sich an der weißen Arbeitsplatte angelehnt und die Arme abwartend verschränkt. Jessica stand ihm gegenüber und ließ sich dann ratlos auf einen weißen Küchenstuhl fallen.

»Was für eine Überraschung, dass Hanna wieder gesund und zudem noch glücklich ist!«, begann Jessica das Gespräch.

»Ja, das finde ich auch. Allerdings hat sie mir das schon vor ein paar Tagen gesagt.« Adrians Stimme zitterte leicht. Er schien aufgeregt und unschlüssig, was er tun sollte. Seine verschränkten Arme wirkten eher arrogant. Dieser Gegensatz in seinem Verhalten und seiner Geste wirkte ein wenig hilflos auf Jessica, was sie zu ihrem eigenen Ärger sehr anziehend fand.

Plötzlich zuckte Jessica zusammen. Aber vielleicht war Adrian nicht so erfreut darüber, dass Hanna jetzt glücklich verheiratet war, sondern ihn plagte womöglich die Eifersucht. »Vielleicht hat Hanna auch nur geheiratet, weil du ...«, versuchte Jessica Adrian zu trösten, aber sie stockte auch hier. Das war doch alles peinlich und verkrampft. »Weißt du, Adrian, das bringt hier nichts. Wir wissen kaum etwas voneinander und ich verstricke mich in Vermutungen.« Jessica stand auf und ging zur Tür.

»Das ist das erste Mal, dass du mir ehrlich sagst, was du denkst. Das halte ich für einen sehr guten Anfang und finde durchaus, dass diese Erkenntnis etwas bringen könnte.« In Adrians Stimme schwank Ironie, aber auch Wärme mit.

Jessica drehte sich langsam zu ihm um. »Du sagst, ich sei das erste Mal offen zu dir? Was ist mit dir, Adrian? Du wolltest dich um mich kümmern, um deine Gewissensbisse wegen Hanna zu verringern. Du hast mich instrumentalisiert.« Jessica redete sich in hilflose Rage.

»Gut, lass ruhig heraus, was dich bedrückt. Nein, ich wollte dich nicht als Mittel zum Schuldabbau benutzen. Ich gebe zu, dass ich dir anfangs besonders gerne geholfen habe, weil ich ein schlechtes Gewissen hatte. Aber schon nach ein paar Minuten übernahm ein anderes Gefühl die Führung: Ich habe mich in dich verliebt.« Adrian nahm die verschränkten

Arme herunter. Jessica stand mit offenem Mund da.

Doch Adrian sprach ungehindert weiter. »Leider hast du mich dann zurückgewiesen, da du noch nicht von deinem Mann losgekommen bist und doch noch gehofft hattest, dass sich deine Eheprobleme wieder kitten lassen. Versteh mich nicht falsch, ich habe Verständnis dafür, und gerade weil ich das Beste für dich will, habe ich dich nicht weiter bedrängt.«

Jessica lachte laut auf. »Nein, diesmal habe nicht ich dich falsch verstanden, sondern du mich. Zum einen habe ich dich nicht näher an mich und mein Herz heranlassen wollen, weil ich dachte, dass du nur so nett und hilfsbereit zu mir bist, um die Fehler mit Hanna wieder gut zu machen.«

Adrian fragte nun ungeduldig nach. »Und zum anderen?«

Jessica schluckte. Sie kam jetzt nicht mehr darum herum, die Wahrheit zu erzählen. »Zum anderen hat die ehemalige Geliebte von meinem Mann uns mitgeteilt, dass er ihr erster und einziger Freund war und sie sich am HIV-Virus angesteckt hätte. Es bestand durchaus die Möglichkeit, dass auch ich mich dann von meinem Mann mit diesem tödlichen Virus angesteckt hätte.«

»Das ist fürchterlich für dich! Anstatt meine Hilfe in Anspruch zu nehmen, bis du Gewissheit hast, weist du mich zurück. Zudem kann man sich dann auch noch näher kommen - das sollte eine Krankenschwester wissen.« Adrians Stimme blieb sarkastisch.

Jessica zuckte zusammen. »Als Krankenschwester ist mir allerdings auch bekannt, dass Schutzmaßnahmen vor Ansteckung auch mal schieflaufen können. Und das wollte ich keineswegs riskieren.«

Adrian schüttelte unbeeindruckt den Kopf. »Du hättest es mir nur sagen müssen.« Adrian ging nun mit ein paar langsamen Schritten auf Jessica zu und umarmte sie spontan. Endlich, endlich durfte sie den Kopf an seine Schulter anlehnen.

Leise sagte Jessica zu ihm: »Die ehemalige Geliebte hatte jedoch gelogen. Sie ist gesund. Ich hätte es mir nie verziehen, dich mit dieser Krankheit angesteckt zu haben, weil... weil ich dich liebe, Adrian.«

Adrian schob Jessica ernst einen halben Meter von sich weg und ergriff mit der rechten Hand ihr Kinn. Er zog das Kinn hoch, sodass sie ihm in die Augen schauen musste.

»Wie viel gemeinsame Zeit haben wir damit vergeudet, das Verhalten des anderen zu deuten und umzudeuten. Ab jetzt - versprich mit das: Jessica - ab jetzt werden wir immer offen und ehrlich zueinander sein.«

Jessica nickte, während ihr Herz vor Freude sprang.

»Das ist brav, Jessica. Dann habe ich auch schon einen Text für unseren Hochzeitsschwur.«

»Hochzeitsschwur?«, fragte Jessica verwirrt.

»Sobald du amtlich geschieden bist, werde ich dir einen offiziellen Heiratsantrag machen. Du glaubst doch nicht wirklich, dass ich eine so tolle Frau wie dich noch einmal verlieren will? Du willst mich doch heiraten?«

Jessica öffnete den Mund und wollte gerade »Ja!« sagen, da spürte sie schon Adrians Lippen auf den ihren.

Die Berührung und die Leidenschaft seiner Lippen ließ Jessicas Körper erzittern, als sei ein sanfter Stromstoß durch ihn hindurchgeglitten.

Nach einer Minute löste sich Adrian sanft. »Jetzt müssen wir irgendwie Hanna und Pascal losbekommen. Ich mache das schon«, versprach er großspurig, ohne wirklich eine Idee zu haben, mit welcher Begründung er die beiden kurz, nachdem sie gekommen waren, wieder herauskomplimentieren konnte.

Dennoch ging Adrian forschen Schrittes vor in das Wohnzimmer: »Ich danke dir, Pascal, dein Plan hat funktioniert... Pascal? Hanna? Wo seid ihr?«

Nun ging Jessica ihm erfreut nach. Adrian stand im Wohnzimmer und zeigte auf die acht halben Brötchen und die noch geschlossene Flasche Wein daneben. »Das scheint das Einzige zu sein, was von Hanna und Pascal noch hier ist.«

»Sie waren sich vermutlich sehr sicher, dass wir sie nicht mehr brauchen würden nach unserem Gespräch«, grinste nun auch Jessica.

Adrian sah Jessica mit einem spöttischen Lächeln an. »Anscheinend waren unsere Gefühle füreinander so offensichtlich, nur nicht für uns.« Er ging langsam auf Jessica zu und hob sie hoch. Jessica zitterte vor Aufregung. Adrians Armmuskeln traten ein wenig hervor, obwohl ihm das Tragen des geringen Gewichts von Jessica keine Mühe zu machen schien.

Adrian legte Jessica sanft auf sein großes französisches Bett. Dann begann er, sich vor ihren Augen auszuziehen. Er öffnete langsam sein Hemd, während er Jessica durchgehend betrachtete. Adrians dunkle Augen glänzten warm, aber sein Gesichtsausdruck war ernst. Mit geschickten Händen öffnete er seinen Gürtel und zog seine Hose herunter. Adrian trug eine schwarze, enge Unterhose, die seine sportliche Figur hervorragend zur Geltung brachte.

Jessica lag noch immer abwartend auf Adrians Bett. Sie konnte noch nicht fassen, dass er sie gleich berühren würde. War es einer dieser nächtlichen Albträume, die am Morgen eine tiefe Traurigkeit hinterließen, wenn man merkte, dass es wieder nur eine schöne Fantasie gewesen war?

Nun setzte sich Adrian langsam auf die Bettkante, wobei er noch immer nicht den Blick von Jessicas Augen löste. Jede Faser von Jessicas Körper war bis zum Zerreißen gespannt. Adrian streichelte ihr sanft über die Wangen. Ganz langsam beugte er sich über Jessica und küsste sie ebenso zurückhaltend. Plötzlich lief ein leidenschaftliches Zittern durch Adrians Körper und er stöhnte auf. »Wie lange habe ich auf dich warten müssen. Jetzt habe ich keine Geduld mehr.«

Mit leidenschaftlicher Rauheit zog er Jessica aus und warf ihre Kleidung achtsam auf den Boden neben das Bett. Adrian fiel es sichtbar schwer, darauf zu achten, dass er sorgsam mit ihren noch heilenden Handgelenken umging. Jessica befand sich jedoch in solch einem ekstatischen Zustand, dass sie die Schmerzen in ihren Handgelenken kaum bemerkte.

Als Jessica versuchte, Adrian mit ihrer rechte Hand zu berühren, schüttelte er den Kopf. »Solange deine Verstauchung und der Bruch nicht vollständig geheilt ist, verwöhne ich dich.«

Dann riss seine Leidenschaft sie mit in einen hypnotischen Zustand, der schöner als jeder Traum war.

ENDE